ウィルフレッド
ドラゴニア帝国の竜人皇帝。
ある理由から人嫌いだったが、
世継ぎのためにアイシャを娶ることに。
彼女を一目見てあることに
気が付いて…!?
アイシャ
ウィールライト王国第一王女。
妾の子であり魔力が無いゆえに
家族から虐げられてきた。
敗戦を機に、人質として
ウィルフレッドの元へ嫁ぐことになる。

デイル
ウィルフレッドの補佐官。
ウィルフレッドの次に力が強いが、
自由人で世話焼きな
一面もある。
アンジェリカ
ウィールライト王国第二王女。
アイシャの腹違いの妹で、
いつも姉のことを見下して
虐めている。
マーシア
アイシャの母の友人であり
アイシャの乳母。
王家の中で孤立するアイシャの
唯一の味方だった。

「貴様……いや、お前は……」
低く、けれども玉座でかけられた声よりかは、
いくらか感情の混ざっているような
声が不思議だった。
……戸惑っている？
そっと伸ばされた手が顔に近づき、
しかし、触れずに止まる。

嫁いでから一度も触れてこなかった竜人皇帝が、急に溺愛してくる理由

Kuroe Hayase
早瀬黒絵

illust.八美☆わん

totsuide kara ichidomo
furetekonakatta
ryujin koutei ga, kyuu ni dekiai
shitekuru riyuu

目次

第一章：それぞれの秘密……4
第二章：触れ合う気持ち……90
第三章：俯かない決意……133

第四章：響き合う心 201
あとがき 264

第一章：それぞれの秘密

「婚姻はするが、それはあくまで形式的なものだ」

石造りのどこか冷たさを感じる城の、広い謁見《えっけん》の間。

その玉座にはこの国の皇帝が座り、わたしを見下ろしていた。

「貴様には政《まつりごと》に関わらせるつもりもなければ、期待もしていない。ただ、俺を不快にさせなければ後は勝手に過ごせばいい」

そう告げる声は低く、冷たく、淡々としていた。

そばに来た者達の手にはペンとインク、そして一枚の紙。

婚礼衣装に身を包んでいるのに、これほど簡易的な婚姻は他にそうないだろう。

ベール越しとはいえ、初めて顔を合わせた夫となる人は、わたしを冷たく睥睨《へいげい》する。

「俺は貴様を愛することはない」

……でも、それは仕方がない。

わたしは人質として嫁ぐことになったのだから。

わたし、アイシャ・リエラ・ウィールライトは、ウィールライト王国の第一王女である。

しかし、第一王女といっても王妃の子ではなく、当時、国王の恋人として一夜を共にした男爵令嬢の娘だった。

現ウィールライト王国は王太子である二十歳の第一王子、十七歳の第一王女であるわたし、そして一歳下の第二王女と二歳下の第二王子がいる。けれど、わたし以外は全員王妃の子だ。

王族の血筋なのか全員金髪の王家の中、銀髪のわたしは異質な存在だった。

妾《めかけ》の子というだけでも王妃にとっては不愉快な存在だろう。

それだけではなく、王家の者ならばあって当たり前の魔力もない。

銀髪に青い目、魔力もなく、妾だった母親似の第一王女。

何の価値もないわたしは王家では厄介者でしかなかった。

王妃からは毛嫌いされ、異母兄である王太子からは存在を無視され、魔法が得意な異母弟妹からは『無価値な王女』と嘲笑《あざわら》われ、魔法が使えないと知りながら人前でわたしに魔法を使えと強要することもあった。そして出来ないと『王家の出来損ない』と言った。

……だけど、本当のことだもの。

王族なのに魔力がないことも、ひとりだけ金髪ではないことも、王家の血を引きながら誰からも望まれていないことも。全てが事実だった。

時には食事もままならず、後宮内の野草を食べて飢えをしのいだこともあった。

いつもわたしの食事は王妃や異母妹の機嫌によって左右された。

その後、王族として最低限の教育は受けられるようになったものの、国内の貴族がわたしを望むはずもない。このまま修道院に行くのだろうかと思っていた矢先、国境を接する竜人達の国・ドラゴニア帝国と戦争が起きた。

……悪いのはウィールライト王国だけれど。

ドラゴニア帝国が輸入を禁止している特殊な植物を、ウィールライト王国が密かに流し、それで国益を得ていたのだ。それがドラゴニア帝国の皇帝の逆鱗《げきりん》に触れて戦争へと発展したのだが、人間よりも強い種族である竜人族に勝てるはずもなく、我が国は負けてしまった。

多額の賠償金と国境沿いの土地、そして人質として王族がひとり、要求された。

後は簡単な話だ。一番価値のないわたしが差し出された。

表向きは『大切な第一王女』として人質となったが、実際は無価値で不必要な存在を手放す丁度いい機会と思ったのだろう。婚礼衣装として急拵《きゅうごしら》えの真っ白なドレスを着せられ、帝国の兵士に引き渡されたわたしは、こうして皇帝の妻という名の人質となった。

背後でバタンと扉が閉まり、兵士達の足音が遠ざかる。

わたしに当てがわれた部屋は、ウィールライト王国で暮らしていた後宮の部屋よりも華やかで美しかった。

でも、心が躍るはずもない。

……いつまでここで暮らせるのかしら。

帝国の皇帝陛下は冷酷無慈悲だと聞いた。

先ほど、謁見した皇帝陛下の冷たい声を思い出す。

人質とはいうが、敗戦国の人間など、いつ殺されても不思議はない。きっと皇帝陛下の機嫌を損ねれば簡単に首を刎《は》ねられるだろう。

ひとりだけついてきた侍女が、わたしのベールを引き剥がした。

「全く、どうして私がこんな出来損ないのために……」

元々は第二王女付きだった侍女のシャロンは、今はわたしの監視役である。くすんだ金髪に水色の瞳をした、気の強そうなシャロンは、わたしが自ら死なないか、王家の出来損ないであることを皇帝に漏らさないか、常に見張っていた。

わたしの侍女となることが不本意だったのは言うまでもない。必要最低限の世話はしてくれるけれど、少し手荒くて、常に文句を言っている。

シャロンはわたしから婚礼衣装を脱がせ、普段着の地味なドレスに着替えさせると何も言わずに部屋から出ていった。

……戻ってくる気配はなさそう……。

仕方なく、自分で髪を梳《と》かし、ベッドに横になる。

王国にいた時よりふかふかで質のいいベッドは心地好くて、でも、深い溜め息が漏れた。

わたしは皇帝陛下や帝国の人々を騙《だま》し続けなければいけない。王国で愛されて育った第一王女として振る舞い、魔力がないことを悟られてはならず、皇帝陛下に殺されてもいけない。

皇帝陛下の妻という形だけの立場が与えられただけなのだから、ここでは静かに、息を殺して過ごす必要がある。

……大丈夫。慣れているもの。

王国にいた時だって王族からも使用人達からも無視されていたのだ。場所が帝国になっただけで何も変わらない。結婚は紙切れ一枚に名前を書いただけで終わった。

期待はしていなかった。敗戦国の王女が歓迎されるはずもなかった。

……わたしはどこに行っても望まれない。

それはもう、仕方のないことだと諦めていた。

「……マーシア……」

茶髪に同色の瞳をした、優しく穏やかな、わたしの唯一の家族とも呼べる人。

マーシアはわたしがこの国に嫁ぐこととなった際に、人質として王国に残された。

彼女が王国にいる限り、わたしは王国の言うことを聞くしかない。

せめて、これ以上マーシアを苦しませたくなった。

ただ、幼い頃から母代わりに育ててくれた乳母《うば》がいないことだけが、寂しかった。

帝国に来てから数日経ったが、わたしは放置されていた。

王国にいた時と同じだけれど、帝国のほうが、まだ暮らしぶりはよかった。

立場に見合った食事が毎日きちんと出るし、教育のための授業もなくてのんびりと過ごせるし、誰も近寄ってこない。

ウィールライト王国では異母弟妹がたまに来て、魔法で石を当てられたり、水をかけられたりしていたし、機嫌が悪い時は叩《たた》かれたり蹴られたりすることもあった。

暴力を振るわれるより、無視されたほうがずっといい。

日がな一日やることもなく、最初は戸惑った。

部屋の外には警備の兵士達がいて、わたしが部屋を出ると警護という名目でついてくるが、基本的には喋らない。恐らく、わたしが変なことをしないか監視しているのだろう。

一度、散歩をしに庭園へ行ったものの、侍女も兵士達も嫌な顔をしたので部屋の外に出るのはやめた。この城には蔵書室もあるだろうけれど、他国の人間のわたしが気軽に立ち入れる場所ではない。

……いいえ、自由に行けるところなんてないわ。

本当に、息を殺してひっそりと暮らすだけだ。

でも、ひとつだけわたしがひとりで過ごせる場所がある。

王国を出る際、持てるだけ持ってきた薬草と植物辞典が余っている部屋に保管してあり、毎日、そこで薬草と向き合っている。シャロンは薬草の匂いが嫌いなようで入ってこない。

「……この薬草はこれと合わせてはダメなのかしら」

今日もわたしは薬草と辞典とを見比べる。

王女の趣味にしては華やかさがないけれど、薬草の知識は色々と役立つこともある。

薬草は薬になる。虫刺され、胃痛、打ち身、切り傷。色々なことに使えるし、紅茶のように
お茶として飲むことも出来る。紅茶とは違った味だが、わたしは好きだった。

わたし以外誰もいない部屋で、ひっそりと薬草茶を飲みながら過ごす時間は穏やかで、静か
で、物寂しいが平和そのものだ。

……今日はどの薬草茶を飲もうかな。

そんなことを考えているとノックもなしに扉が開けられる。

「今夜、皇帝陛下のお渡りがあるそうよ」

シャロンの言葉に驚いた。

「えっ、本当ですか……？」

「何度も言わせないで。陛下のお渡りがあるわ。草を触っている暇なんてないのよ」

腕を掴《つか》まれ、部屋から引きずり出される。

その後、お茶を飲む暇もなく入浴させられ、面倒くさそうにしながらも全身を磨かれ、髪を
何度も梳《くしけず》られる。気付けば日は落ちていて、軽い夕食を摂った後に化粧を施された。

「いいこと？　陛下に何をされても拒否しないこと。もし拒絶したり、陛下の機嫌を損ねたり

したら、どうなるか分かっているでしょうね？」

「……はい、気を付けます」

もし拒絶して皇帝陛下の機嫌を損ねれば、即座にシャロンは王国に手紙を送り、わたしの代わりにマーシアが罰せられる。マーシアは親代わりにわたしを育ててくれた人だ。わたしが上手くやれている間は乳母の安全は保証してもらえるので、言う通りにする他なかった。

……マーシア、今度はわたしがあなたを守るから。

燭台《しょくだい》に控えめな明かりが灯されただけの暗い部屋の中。

ベッドの上で静かに皇帝陛下のお渡りを待つ。

……覚悟を決めるしかない。

本来なら結婚など出来ないような立場だったのだ。たとえ形だけでも結婚し、婚礼衣装を着ることが出来ただけでもよかったと思うべきなのだろう。

しかも相手は帝国の皇帝だ。

相手を騙しているという罪悪感はあるが、だからこそ、わたしはこの嘘《うそ》を吐《つ》き通すしかない。

一時間、二時間と経ち、もはやもう来ないのではと思った時、部屋の扉が叩かれた。

慌ててベッドから立ち上がる。

「……どうぞ」

返事をすると扉が開けられた。

そこには、数日前に一度だけ会った皇帝陛下がいた。

相変わらず冷たい眼差《まなざ》しを向けてはいるものの、立ち尽くすわたしに近づいてくる。

手を伸ばせば触れられる距離まで来て、わたしはやっと、自分の夫の顔をきちんと見た。

以前はベール越しだったが、こうして直《じか》に見て、皇帝陛下の整った顔立ちに思わず見入ってしまった。

……王太子殿下よりいくらか年上みたい。

異母兄の王太子は今年で二十歳になったが、彼よりいくつか年齢は上に見えた。

艶《つや》やかな黒髪は整えられ、その前髪から覗《のぞ》く瞳は輝くような金色で、目が合うと引き込まれてしまいそうだった。わたしよりずっと背が高く、遠目には細身に見えたけれど、近くで見ると意外に肩幅があってがっしりとした体つきである。

全体的にどこか猛禽類《もうきんるい》を思わせるような鋭さを感じるのは、竜人という強い種族故か。

「貴様……いや、お前は……」

低く、けれども玉座でかけられた声よりは、いくらか感情の交ざっているような声が不思議だった。

……戸惑っている？

そっと伸ばされた手が顔に近づき、しかし、触れずに止まる。

ここでは王国よりもいい暮らしをさせてもらっている。

だから、これから何をされたとしてもきっと我慢出来るし、妻として子を生《な》せと言われても受け入れるしかなかった。元よりマーシアのためなら何だってするつもりだった。

「……覚悟は出来ております……」

覚悟を決めたくせに、発した声は小さくて。

感じている不安を悟られたくなくて目を伏せた。

＊　＊　＊　＊　＊

ウィルフレッド・ディ・ドラゴニアは、ドラゴニア帝国の皇帝である。

普段は人の姿を取っているが、本来の姿はドラゴンであり、帝国は人と竜の姿を持つ竜人族の国だった。そして、ウィルフレッドは帝国随一の力を持つドラゴンだ。

ドラゴンの序列は人間と異なり、貴族や王族などといったものはない。あるのは純粋な力による階級制だ。強い者が上に立つ。ただそれだけだ。

皇帝とは、竜人族の中で最も強い者が就く地位。

つまり、ウィルフレッドは最も強い竜人であった。

「陛下、そろそろお世継ぎをお作りください」

「陛下ほどのお方の子であれば、きっと次代の皇帝になれましょう」

「他の者達も陛下のお子を待ち望んでおります」

臣下の言葉にウィルフレッドは眉根を寄せた。

ウィルフレッドとて、出来るならばそうしている。

竜人族は寿命が長い分、子が生まれにくい。だからこそ、種族が絶えてしまわないように子孫を残すことは何よりも大切なことだった。

だが、そう簡単にはいかない理由がある。

力が強いというのは身体的なことだけではない。

魔法を扱う際に使用する、魔力と呼ばれる力が、ウィルフレッドは群を抜いて多かった。

ウィルフレッドは誰よりも魔力量が多かった。……いや、多すぎた。

そのせいで母親はウィルフレッドを産んですぐ亡くなり、物心がつく前までは暴竜のように力の制御が出来なくて周囲に迷惑をかけた。制御出来るようになっても問題があった。魔力量が多すぎて、他者との触れ合いが出来ないのだ。

触れれば相手に魔力が流れてしまい、相手は体調を崩し、魔力過多で最悪、死に至る可能性もある。直接肌を触れ合わせることは相手に負担を強いてしまう。

だからこそ、ウィルフレッドも他者との触れ合いを避け、常に手袋をつけてきた。

もっとも、竜人族は相手の力量をある程度は察することが出来るため、魔力量の多いウィルフレッドに自ら進んで触れようとする者もいなかった。

人間の国である王国は王族や貴族などに魔力持ちが多いけれど、この帝国では民である竜人は誰もが魔力を有している。そのため、ウィルフレッドは成人を迎えて皇帝となって以降、国民から尊敬されると同時にその魔力量の多さから恐れられてもいたのだ。

しかし、子孫は残さねばならない。

「そのためにウィールライト王国から王女をもらい受けたのではありませんか」

名目上は人質ということになっており、本人もそう聞かされているだろうが、ウィールライト国王とは裏で取り引きをしていた。

王女をひとり渡してもらい、王女との間に子が生まれた場合は賠償金を減額する。

その代わり、もし王女が死亡しても、それに対して帝国は一切の責任を負わないと。

……哀れな娘だ。

竜人族ですら耐えられないというのに、人間の娘がウィルフレッドと触れ合い、子を生せば、魔力に耐え切れずに死ぬだろう。竜人族を減らさないため、次期皇帝となる強い竜人を生み出すために、丁度戦争を仕掛けてきたウィールライト王国の王女を犠牲にすると決定した。

王族ならば魔力持ちで、多少は魔力に耐性もあるだろうし、竜人族と人間が子を生しても、竜人族の血のほうが強いのでほぼ純血の竜人の子が生まれる。

ただし、自分がそうであったように、ウィルフレッドと王女の間に出来た子は早産で生まれてくるはずだ。

自分よりも魔力の多い子を胎《はら》で育てていれば、いずれ母胎も魔力過多になり、死ぬ。もしかしたら死んだ王女の体から子を取り出すことになるかもしれない。

……それは、あまりに残酷すぎる。

しかし、話し合い、そうすると決めたのはウィルフレッド自身である。

「そういえば、王女はどうしている？」

そのために迎えたものの、戦後の処理で忙しく、放置していた。

そうでなくとも関心は元よりなかったのだが。

「部屋に引きこもっていらっしゃるそうですよ」

「敗戦国の元王女という立場では、気軽に出歩くことも出来ないでしょうな」

臣下の言葉をウィルフレッドは何とも思わなかった。

「そうか、問題さえ起こさなければそれでいい」

面倒だと思い、最初に威圧的に接したが、それが効いたのかもしれない。

夫婦だからと会いに来られても鬱陶《うっとう》しいので、静かにしている分には構わなかった。

「それで、陛下、どうなさいますか？」

臣下達の視線にウィルフレッドは小さく息を吐いた。

「……今夜、渡りに行くと伝えておけ」

夫婦になった以上、王女もそういったことは覚悟しているだろう。

軽く手を振ると、臣下達は一礼して下がっていく。

そうして、ウィルフレッドは仕事に集中した。


「陛下、まだ執務をなされていたのですか？」

入室した臣下のひとりにそう言われ、我に返る。

ふと窓の外を見れば、もう随分と月が傾いていた。

……ああ、もうこんな時間なのか。

時計を確認すると、あと一時間ほどで日付が変わるところであった。仕事に集中しすぎて時間を忘れていたようだ。

「いや、そろそろ終えようと思っていた」

ペンを置き、立ち上がったウィルフレッドに臣下が言う。

「皇后様がきっとお待ちですよ」

「………………」

王女の下へ行くと伝えてあったことを思い出した。

思わず押し黙ったウィルフレッドに、付き合いの長い臣下が呆《あき》れたような顔をした。

「さすがにそれは可哀想ではありませんか、陛下」

ウィルフレッドも少しだけだが罪悪感を覚えた。

「……王女の部屋に行ってくる」

「ええ、そのほうがよろしいかと」

政務室を出て、廊下を歩きながら、ウィルフレッドは自身の妻となった王女を思い出す。

謁見の間で、婚礼衣装に身を包んだ王女は細く、頼りなさそうで、ずっと膝をついたまま少し俯《うつむ》いていた。ベールでハッキリと顔は見えなかったが、婚姻を証明する書類に署名をする手がとてもほっそりとしていたのは覚えている。

緊張していたのか、か細い声で『はい』か『かしこまりました』としか返事をせず、顔を合わせたのはほんの十分程度のことであった。妻を娶《めと》ったという実感も当然ない。

……そもそも、適当に娶ったところで愛せるはずもない。

竜人族には『番《つがい》』という概念がある。人間で言うところの伴侶という言葉に近いが、竜人族の『番』は普通の人間の伴侶とは異なり、その竜人の唯一の相手という意味を持つ。

性格的、身体的、そして運命的に相性のいい相手。

本能的に求める相手が『番』である。

しかも『番』を手に入れた竜人は心身共に安定し、より強くなる。

ウィルフレッドも長年『番』を探し続けた。もしかしたら『番』ならば触れられるかもしれない。ウィルフレッドを受け入れてくれるかもしれない。そんな淡い期待を持って探し回ったが、見つからなかった。

……だが、仕方がない。

大切な存在である『番』だが、見つけられずに寿命を迎える竜人も少なくない。世界中からたったひとりを見つけるなど、それ自体が奇跡としか言いようがない。

会えば分かるらしいが、その機会すら得られず『番』に出会えなかった竜人もいる。

見つけても、既に他の者と結婚している場合もあり、見つけられたからといって手に入るわけでもない。一番いいのは『番』と子を生すことだが、それ以外の者とも子は生せる。ただし『番』との間に生まれる子に比べれば、いくらか力の劣る子になるだろう。

……それでも、皆から望まれている。

ウィルフレッドより多少弱いといっても、他の竜人に比べれば格段に強い子である。次代の皇帝になる可能性も高い。強い竜人こそが必要であった。

王女の部屋に着き、扉を叩く。

もしも眠っていたなら、立ち去るつもりだった。

だが、入室を許可する声が微《かす》かに聞こえてくる。

……まだ起きていたのか。

扉を開けると、ベッドのそばに王女が立っていた。

薄暗い中、燭台の明かりに長い銀髪が輝いている。

薄手の夜着姿で心許《こころもと》なさそうに俯く姿は哀れだった。

渡りがあると聞いて、数時間もずっと起きて待っていたところから王女の真面目な性格は感じ取れた。慌てて立ち上がったのか足元は素足である。

薄い夜着のせいか、婚礼衣装の時よりもしっかりと王女の体の形が分かる。出るところはそれなりに出ているが、手首や足首などは驚くほど細い。

ウィルフレッドが掴んで力を込めたら、手首など簡単に折れてしまうだろう。

俯いてあまり顔が見えないが、見目がよくても悪くても、どうでもいい。

王女に近づくと、顔が上げられた。

薄暗い中、視線が合った目は深い青色だった。

緊張しているのか無表情だったけれど、顔立ちは整っている。真っ直ぐな銀髪に青い瞳、色白の肌。王女は思いの外、美しい容姿をしていた。

そして、目が合った瞬間、ウィルフレッドの心臓がドクリと大きく跳ねた。

これまでの人生で一番、心臓が暴れている。

「貴様……」

と言いかけ、心が『貴様などと呼ぶな』と自分を非難する。

「いや、お前は……」

そっと伸ばした手が王女の頬《ほほ》に触れそうになる。しかし、これまで自分が触れた相手がどうなったかを思い出し、手を握った。

……ああ、何てことだ……。

ドクッドクッと心臓はいまだに暴れ回っている。

本能が『この娘だ』と叫んでいる。

王女……いや、彼女は僅《わず》かに目を伏せた。

「……覚悟は出来ております……」

初めて会った時と同じく彼女の声は震えていた。

落ち着いた、小さいけれど澄んだ声が耳に心地好い。

……何故、あの時に気付かなかったのだろう。

目の前にいる、敗戦国から奪ってきた彼女こそ、ウィルフレッドの『番』であった。本能が『番が欲しい』と叫ぶ。だが、大事にしたいという気持ちも湧き上がってくる。

ウィルフレッドは伸ばしかけていた手を引いた。

「そう怯《おび》えなくても、今夜は何もしない」

気付けば、そう言っていた。

彼女の青い瞳が驚いたように見開かれる。

そして、細い手が薄い夜着の裾をギュッと握った。

「わ、わたしでは、やはり、お役目は果たせないのでしょうか……」

明らかに気落ちする彼女にウィルフレッドは慌てた。

「違う、怯えるお前に無理強いはしたくない」

『番』を無理に抱けば、一時的に欲求は満たされるだろうが、心は満たされない。

ずっと欲していた『番』が目の前にいる。

ウィルフレッド自身、まだその事実に混乱していた。

素肌に触れてしまわないように気を付けながら、そっと、彼女の肩に両手を置く。

「お前はもっと、自分を大事にしていい」

彼女が目を丸くし、戸惑い、そして小さく頷《うなず》いた。

距離が近いのが落ち着かないのか、そわそわしている姿はまるで小動物のようだ。

「……気遣ってくださり、ありがとうございます」

俯きがちなまま彼女が言う。

それを見てウィルフレッドは罪悪感が増した。彼女が『番』でなければ、今頃は適当に情事を済ませて子を生し、その子を産ませていただろう。そして彼女は死んでいた。

……我ながら最低な男だな。

上着を脱ぎ、彼女の肩に羽織らせる。

ベッドに移動したら警戒させてしまうかもしれない。

「まだ、互いに自己紹介もしていなかったな。こちらで少し話さないか？　ああ、室内履きを履いてから来るといい」

ウィルフレッドが燭台を持ち、テーブルに移動すると、彼女は自分の足元を見てから慌てて室内用の柔らかな靴を履いて、ウィルフレッドの向かいの席に座った。

上着がかなり大きかったのか、ずり落ちそうになるのを手で軽く押さえている。改めて、ウィルフレッドは自分との違いを実感した。

テーブルの上に置いた燭台の明かりに互いの顔が照らされる。

彼女の青い瞳が瞬くと美しく煌《きら》めいた。

「改めて、俺の名はウィルフレッド・ディ・ドラゴニアだ」

「アイシャ・リエラ・ウィールライトと申します。……どうぞ、アイシャとお呼びください」

アイシャ、と思わず小さく呟《つぶや》いてしまう。

竜人の性《さが》だろうか。『番』の名を本人の口から聞き、名を呼ぶ許しをもらえただけで、体が歓喜に打ち震える。

……見つからないのは当然だ。

ずっと探していた『番』は人間だったのだ。

国の中はもちろん、他国も探し回ったが、まさかウィールライト王国の王族であったとは。

「まずは謝罪をさせてほしい。……すまなかった」

ウィルフレッドが頭を下げると彼女……アイシャが驚いた様子で言う。

「陛下が頭を下げられるようなことはございません……！」

「だが、俺はお前……いや、君を放置した。他国に来たばかりの君に高圧的な態度を取った。さぞ、居心地が悪かっただろう……」

最初に『番』だと気付かなかった己を殴ってやりたい気分だ。

あの時気付いていたなら、何日も放置した挙句に世継ぎのための道具にしようなどとは考えなかったし、もっといい環境を用意したはずだ。

……皆にも伝えておかねば。

竜人にとって『番』を見つけるのはとても素晴らしく、祝うべきことで、その後『番』と夫婦になる。今回は順序が逆になってしまったが、アイシャはウィルフレッドの妻であり、他の者に奪われる心配はない。

しかし、いきなり『番』だからと説明しても人間には理解出来ないだろう。

……とにかく、今は関係を修復する必要がある。

「いいえ、わたしは敗戦国の元王女ですから、当然だと思います。……それに陛下は戦後処理や政務などもあったでしょう。わたしは不自由なく過ごさせていただいておりました」

やや小さな声で静かに話す。

俯きがちなのは、ウィルフレッドを恐れているからか。

そうだとしても仕方のない対応をしてきた自覚があるため、それについて指摘など出来ようはずもない。

「そうか。だが、部屋から出ていないと聞いたが……」

「……元々、あまり出歩かないのです」

「そうなのか？　だが、部屋にこもっているのと飽きないか？」

「王国から持ってきた本を読んで過ごしていました」

……読書が好きなのだろうか？

「本が好きなら、城の蔵書室を好きに使うといい」

「……いいのですか？」

驚いたような、戸惑ったような顔をするアイシャに頷く。

「形式的とはいえ、君は俺の妻だ。城内には行けない場所も、使えない場所もない。自由に歩き回ってもいいよう手配しておこう」

そう言えば、アイシャが目を伏せる。

「……ありがとうございます、陛下」

言葉とは裏腹に、喜んでいる雰囲気はあまり感じられない。

それに名乗ってからもずっと『陛下』呼びのままだ。

……さすがに名前を呼んではもらえないか。

そう思っているとアイシャが言う。

「出来る限り陛下のお手を煩《わずら》わせないよう、静かに過ごさせていただきます」

そこでウィルフレッドは最初の出会いを思い出す。

形式的な妻で何の期待もしていない。自分を不快にさせなければいい。

そう、確かに告げていた。ウィルフレッド自身の言葉のはずなのに衝撃を受けた。

……違う、いや、違わないが……‼

「っ、そうか……何か必要なものがあれば遠慮せずに言え。形だけとはいえ、皇帝の妻が不自由な暮らしをしているなど、あってはならない」

「かしこまりました」

ウィルフレッドとアイシャの間に沈黙が落ちる。ハッキリ言って非常に気まずい。

アイシャは目を伏せたまま、黙ってテーブルを見つめている。

ウィルフレッドはアイシャの顔を見ているというのに、ほとんど視線が合わず、青い瞳はどこか暗く沈んでいた。

……これ以上ここにいても気を張らせてしまうだけか。

「俺は戻る」

「……かしこまりました」

見送るためかアイシャが立ち上がったけれど、俯きがちなせいで表情が窺《うかが》えない。

ふと、アイシャがハッとしたように僅かに顔を上げる。

「あ……陛下、上着を……」

羽織っていた上着を脱ぎ、渡してきたので受け取った。

「その、ありがとうございました……」

やはり、やや小さな声だった。

透き通った綺麗《きれい》な声なのに、自信がなさそうな沈んだ様子を見ていると勿体《もったい》ないと思う。

「また来る」

そう告げて扉に手をかける。

背後から、アイシャの声がした。

「……お待ちしております……」

それが本心ではないことは分かっていた。

だが、そうだとしても、また来てもいいと許しをもらえただけマシだろう。

……正直、俺が逆の立場であったなら顔も見たくないな。

雑に扱ってしまったことに、ウィルフレッドは頭を抱えたのだった。

＊　＊　＊　＊　＊

パタン、と目の前で扉が閉まる。

足音が遠ざかっていくのを聞くと、よろけ、扉に寄りかかった。ずっと強張《こわば》っていた体から力が抜けた。扉に寄りかかったままズルズルと座り込む。手が震えている。

……何もなくてよかった、なんて……。

妻として最低限の役目は果たさなければならないだろう。

だが、皇帝陛下は無理にわたしを抱こうとはしなかった。

それどころか『無理強いはしない』と言い、今更だけれど名乗り合い、少しだけ会話を交わした。わたしが名乗った時、アイシャ、と確かに名前を呼ばれた。

そのことにドキリと心臓が脈打った。

王国ではわたしの名前を呼んでくれるのは乳母のマーシアだけだったから、異性に名前を呼ばれたのは初めてだった。

国王も王太子も使用人達もわたしのことは『第一王女』と呼ぶ。異母弟妹もわたしのことを『役立たずなお姉様』『出来損ないの姉上』と呼んでいた。

……マーシアがいなければ、自分の名前すら知らずにいたかもしれない。

それくらい、わたしの名前を呼ぶ人はいなかった。

それなのに、皇帝陛下はわたしの名前を呼んだ。

微笑《ほほえ》みを浮かべ、低い声が優しく『アイシャ』と呼ぶから、わたしは一瞬呼吸が出来なくなってしまった。皇帝陛下はわたしに『期待していない』と言った。目立たず、静かに、ひっそりと過ごしていればいい。皇帝陛下を不快にさせないよう、従うだけ。

そう、分かっているのに……。

何故、もう一度名前を呼ばれたいと思うのだろう。

……きっと、マーシアがいないからだわ。

王国から来た侍女のシャロンはわたしの名前を呼ばないから。

帝国でもどうせ誰からも名前は呼ばれない。

そう考えていたから、驚いただけだ。

目を閉じれば皇帝陛下の声が頭の中で響く。

『アイシャ』

思わず耳を塞ぐと、掌からドクドクと脈打つ心臓の鼓動が伝わってくる。

……期待してはダメよ、アイシャ。

わたしは妻という名の人質にすぎないのだから。


翌朝、侍女のシャロンから叱責を受けた。

「昨夜、皇帝陛下はすぐお戻りになったそうね？　まさか陛下の機嫌を損ねたの？　全く、グズだとは分かっていたけれど、本当に役立たずなんだから！」

イライラした様子の侍女に何とか返事をする。

「いえ、陛下は話をしに来ただけだったようで……」

「それなら昼間に来るでしょう？　夜に来たというのはそういうことよ！　それなのに妻がこんなだから気分ではなくなってしまったんだわ！　母親のように体を使って引き留めればいいじゃない‼」

侍女に突き飛ばされて床に転ぶ。

見上げれば、シャロンが冷たくわたしを見下ろしていた。

「このことは王国に報告するわ。あなたの大切な乳母はどうなるかしら？」

侍女の言葉に体が硬直する。

「ご、ごめんなさい、それだけは……！」

「失敗したあなたが悪いのよ。それが嫌なら陛下に気に入られるようになさい！」

「……はい……」

立ち上がり、ドレスの汚れを叩《はた》いて落とす。

そうしていると扉が叩かれた。シャロンが応対し、そして不満そうな顔で戻ってくる。

「どうやら皇帝陛下の機嫌は損ねなかったようね」

先ほどの来客は陛下の使いだったそうで、『城内ならば好きに過ごせばいい』とどこでも立ち入れるように手配したことを告げに来たらしい。

「でも、私がいない時は誰とも会わないように。部屋の外を勝手に出歩いたら、その度に鞭打ちの刑よ」

そう言って侍女は部屋から出ていった。

鞭打ちと聞いて体が震える。シャロンの持つ鞭は、どんなに打っても傷は付かないが痛みはある特別製の鞭で、軽く打たれただけでも酷く痛む。

……あれだけは何度受けても慣れない……。

結局、部屋に引きこもっているしかなかった。

＊　＊　＊　＊　＊

アイシャの部屋を訪れてから一週間。

本当は毎日でも会いに行きたいのだが、親しくもない相手に、しかも『お前を愛さない』と言った夫が頻繁に来たら不信感しか抱かないだろう。

「それにしても、まさかウィールライト王国の王女様が『番』だったなんて、ある意味では運がよかったな」

二日前に戻ってきたばかりの右腕が笑う。

燃えるような赤い長髪と同色の瞳に褐色の肌をしたこの男、デイル・クラークはウィルフレッドの幼馴染であり、右腕であり、好敵手でもあった。デイルは竜人族の中で二番目に強く、それ故に皇帝となったウィルフレッドの代理として国中の視察によく出掛けている。今回戻ってきたのも報告のためだ。

「だが、俺は彼女に『愛さない』と言ってしまったし、冷たい態度を取ってしまった。今更優しくしても不審に思われるだけだ……」

「ははは、お前ってそういう運はないよな！」

デイルの言葉がウィルフレッドの胸に突き刺さる。

「とりあえず、皆には『番』だと説明したし、城内で自由に過ごせるよう手配はしたが、全く部屋から出てこない」

「ふぅん？　部屋にこもって何してるんだ？」

「読書をしているらしい。確かに、ここ数日は侍女が蔵書室に本を取りに行くことがあったようだが、彼女自身が出てこないのが気にかかる。どうやら人見知りらしい」

皇帝であるウィルフレッドが許可を出しているのに外出しない。

しかも、王国から連れてきた侍女以外とは会おうとせず、兵士達ともほとんど言葉を交わさないらしい。

アイシャの使用人を増やすよう伝えたが、王女付きの侍女いわく『王女殿下は人見知りで、他人がいると気が休まらないため嫌がるのです』とのことだった。

確かに思い返してみても、ウィルフレッドの前では常に俯きがちで人見知りをしているようではあった。それ故に王国でも社交の場には出ていなかったそうだ。

「お前、もっと会いに行ったほうがいいんじゃないか？　そのままだと永遠に親しくなれないだろ」

デイルに指摘され、ウィルフレッドは押し黙った。

会いには行きたいが、不信感を持たれて嫌われるのも怖い。

「とにかく、もう一回会ってみろよ」

「二度と来るなと言われたら？」

「その時は許してもらえるまで頭を下げるしかないな」

はあ、とウィルフレッドは溜め息を吐いた。

……皇帝になっても怖いものがあるとは。

「……ああ、そうしよう」

午後に訪問してもいいかと訊ねる手紙を書くと、面白がったデイルがそれを届けに行き、しばらくして戻ってきた。

「返事もらってきたぜ」

手紙は季節の挨拶から始まり、不自由なく過ごせていることへの感謝が綴られ、午後の訪問を受け入れる旨が書かれていた。丁寧でやや線の細い文字が彼女らしいと思う。

「午後の予定は変更する」

「じゃあ雑務はオレがやっといてやるよ」

事務作業を好まないデイルにしては珍しい。

「ダチが困ってる時は助けるモンだろ?」

ニッと笑うデイルの姿は昔から変わらなかった。

「ありがとう」

そう言って、ウィルフレッドは立ち上がった。

手ぶらで『番』の下に行くわけにはいかない。

……さて、何を渡せば喜ぶだろうか。


午後、手紙に書いた時間通りにウィルフレッドはアイシャの部屋を訪ねた。

侍女が応対し、室内へと通される。

アイシャが立ってウィルフレッドを出迎えた。

「皇帝陛下にご挨拶申し上げます」

美しい所作で礼を執るアイシャに見惚《みほ》れそうになり、それを隠すようにウィルフレッドは鷹《おう》揚《よう》に頷いた。

「一週間ぶりだな。暮らしていて、不自由なことはあるか?」

「……いいえ、ございません。皇帝陛下のお心遣いに感謝いたします……?」

顔を上げたアイシャの視線が、ウィルフレッドの手元に留まる。

ウィルフレッドの手の中には小さな花束があった。

城内の庭に咲いていた花で、中心は白っぽく、花弁は美しい澄んだ青色をした花だ。ひとつひとつは小さく控えめで、その慎ましやかな青がアイシャの瞳を思い起こさせたのだ。

その小さな花束を差し出すと、アイシャが戸惑った顔をする。

「あの、こちらは……？」

受け取ってよいものか迷っているようだった。

「来る途中、窓から見えたから摘んできた。……ずっと部屋に引きこもっていると聞いたが、何故部屋から出ない？」

言ってから、しまった、と思った。

これでは、まるで責めているように聞こえる。

アイシャもそう感じたのか、俯いてしまった。

「申し訳ありません。……その、出歩くのはあまり好きではなくて……」

「っ、責めているわけではない。ただ、部屋に閉じこもってばかりいるのが不思議だっただけだ。……王国でもいつも部屋で過ごしていたのか？」

「……はい、大体は部屋におりました」

……人間の王女はそんなものなのか？

アイシャの斜め後ろには侍女だろう人間が控えている。

人間の王侯貴族は使用人を常に控えさせ、護衛もつけるというから、兵士達に警備をさせているが、息苦しくはないのだろうか。竜人族は護衛などつけなくとも己の身は己で守れるので、城の警備などのために兵はいるものの、ウィルフレッドの護衛につく者はいない。

それに、人間の王侯貴族の娘は異性とふたりきりになるのを厭《いと》うという。

侍女がいたほうが安心するのかもしれない。

シン、と沈黙が落ちる。

そして、ずっと立ったままであることに気付く。

とりあえず、花束をもう一度アイシャへ差し出した。

「訪問するのに手ぶらというわけにはいかなかった」

……我ながら言い訳じみていて情けない。

しかも照れてしまってアイシャの顔を見られなかった。

だが、手の中から花束の感触が消えたため、顔を正面に戻せば、アイシャが花束を大事そうに持っていた。

「……ありがとうございます……」

囁《ささや》きのようなお礼の言葉が耳を通り抜ける。

ほんの僅かにだが、アイシャが目元を和ませた気がした。

「花瓶に活けるよう手配いたします」

横から伸びてきた侍女の手が、アイシャから花束を奪った。アイシャが一瞬、それを目で追い、そして俯いた。

「……お願いします」

アイシャが俯きかけた顔を少し上げ、ソファーを手で示す。

「よろしければ、どうぞおかけください」

花束はメイドに任せたのか、すぐに侍女が戻ってくる。

ウィルフレッドがソファーに座ると、アイシャはウィルフレッドの向かいにあるソファーに腰掛けた。三人掛けのソファーだが、細いアイシャならば四人でも座れそうだとくだらないことを思う。竜人は男も女も長身なので、帝国の家具は人間のアイシャには少し大きすぎる。

侍女が用意した紅茶をアイシャが飲む。

やはり、ティーカップを持つ様子は少し重たそうだった。

……家具や食器は専用のものを用意したほうがよさそうだ。

出された紅茶をウィルフレッドは飲んだ。

王女付きの侍女は紅茶を淹《い》れるのが上手いらしい。普段は紅茶に興味のないウィルフレッドでも、素直に美味いと感じられた。

「外出はあまり好まないと言っていたが、庭を歩くこともしないのか？」

「……散歩はたまにいたします」

「そうか」

「はい……」

……会話が続かない。

アイシャはあまり口数が多くないようだし、ウィルフレッドもそれほど話し好きではないため、会話が途切れる。

どうしようかと思ったところでアイシャが口を開いた。

「陛下はよく、外出をされますか？」

たとえ沈黙に耐え切れなかったからだったとしても、こうして質問を投げかけてくれたことをウィルフレッドは喜んだ。

全く関心がなければ質問などしてこないはずである。

「ああ、政務に疲れた時は庭を散歩したり、城下に出て適当に見て回ったりする」

「……城下に？」

「人間の王侯貴族と違い、竜人は個々が強いから警備は不要なんだ。そもそも貴族という括《くく》りもない。最も強い者が皇帝となり、皆がそれに従う」

「そうなのですね……」

また会話が途切れそうになり、ウィルフレッドは言葉を続けた。

「蔵書室に興味はないか？　庭園でもいいが……」

アイシャが少し考えるように目を伏せた。

「……薬草園はあるのでしょうか？」

「薬草園？　確かあったはずだが、そんなところが気になるのか？　他の庭園に比べると地味だろう？　それにかなり薬草の独特な臭いもするが」

「……昔から、薬草を調べるのが好きだったので」

初めて、アイシャについて名前以外の情報を聞いた。

竜人は元より体が強く、病にもかかりにくいので、薬草にはあまり興味がない。もちろん、全く薬がいらないというわけではないので城内に薬草園はあるものの、ウィルフレッドも一、二度様子を見に行った程度だ。

だが、アイシャが好きだというなら今後は薬草園に力を入れて、薬草を育てさせよう。

「ふむ、薬学に詳しいということか？」

「……いいえ、薬の知識というほどのものではございません。ただ、趣味で少しかじっている程度です。薬師様のように薬を調合することは出来ません」

「なるほど」

本当に趣味で薬草を調べているらしい。

「薬草を調べて、その薬草で何かしないのか？」

趣味だとしても調べて終わりというわけではないだろう。

ふっとアイシャが顔を上げた。

この部屋を訪れてから、ようやく視線が合った。

「自分で薬草茶を作って飲んでいます」

今までで一番ハッキリとした言葉だった。

「薬草は色々な効能がありますが、実は葉だけではなく、花や種を使用することもあります。お茶にすると美味しいだけでなく、薬よりも穏やかに薬草の効果を与えることが出来るので体に負担がかからず――……」

それまでのか細い声が嘘のように朗々と話し始めた。

驚いていると、こほん、と侍女が咳払いをし、アイシャがハッと我に返った様子で口を噤《つぐ》む。

すぐにアイシャが目を伏せ、謝罪の言葉を述べた。

「……失礼いたしました……」

その頬が少し赤くなっている。

アイシャの恥じ入っている姿にウィルフレンドはドキリとした。

自分の好きなことだと多弁になるのは誰でもあることで、俯いてばかりだったアイシャが目を輝かせて話す姿は微笑ましい。

むしろ、何故そんなに自信がなさそうなのだろうか。

王国の第一王女という立場なら、もっと自信を持っているものだろうに、アイシャには自信が全く感じられない。

……俺が最初に威圧的に接したからか？

「誰でも、好きなことに関することは語りたがるものだ。俺が訊いたのだから、恥じ入ることはない」

「……寛大なお言葉、感謝いたします」

また声はか細くなってしまったが、これは気恥ずかしさから来るもののように思う。

……薬草に興味があるなら……。

「今度、薬草園に行ってみるか？」

「いいのですかっ？」

パッと顔を上げたアイシャと目が合う。

青い瞳がキラキラと輝いていて、美しくもあり、可愛らしくもあった。

「ああ、城内で自由にしていいと言っただろう？　だが、様子を見るにひとりでは部屋から出そうにないから、薬草園には俺が案内しよう」

「そんな、陛下に案内していただくなど……」

「気にするな。俺もほとんど行ったことがないから、様子を見に行くついでだ」

そう答えると、アイシャが考えるように視線を落とす。

その視線が一瞬、背後の侍女へ向けられたが、侍女は静かに控えているだけだ。

「……では、お言葉に甘えてもよろしいでしょうか？」

アイシャに一歩近づいたような気分だった。

「もちろん、俺が誘ったのだから構わない。そうだな、互いに予定が入らなければ明後日、薬草園に行くとしよう」

「はい、わたしは問題ありません」

アイシャと視線が合い、そして、また青い目が伏せられた。

……これ以上は長居しないほうがよさそうだな。

最初から長時間いて疲れさせてしまうと、次を苦痛に感じてしまうかもしれないし、アイシャの様子からしてウィルフレッドに対してまだ緊張が見られる。

まだ三度しか会っていないのだから当たり前だが。

ウィルフレッドは名残惜しさを感じつつも立ち上がった。

「政務があるのでそろそろ戻る」

アイシャも立ち上がった。

「……本日はお越しいただき、ありがとうございます」

「いや、俺のほうこそ急な申し出を受け入れてくれて礼を言う」

「わたしなんかにお礼など、恐れ多いことでございます……」

アイシャが俯くと表情が見えない。今、どんな表情をしているのかと気になるが、いきなり顔を覗き込むわけにもいかず、しかし、触れて顔を上げさせるほど親しくもない。

触れたいと思う気持ちに蓋をして、手を握る。

触れるのは簡単だが、それでアイシャが体調を崩したら？

そして、体調を崩した理由がウィルフレッドにあると知ったら？

……きっと、アイシャは離れていくだろう。

今まで、多くの者達がそうだったように。

アイシャに背を向け、扉に手をかける。

「……明後日、楽しみにしている」

そして、扉を開けてウィルフレッドは部屋を後にした。


「そういうわけで明後日の午後は薬草園に行く」

デイルのいる税務室に戻り、報告すると、呆れた顔をされた。

「ウィル、お前……せめて城下に誘えよ」

「あまり外出しないアイシャをいきなり人の多い場所に連れていったら疲れてしまうだろう。出来るだけ長く共に過ごすなら、人見知りのアイシャが疲れないように人気《ひとけ》がなく、本人の趣味でもある薬草を見て回るのが一番じゃないか」

「うーん、まあ、それでいいのか……？」

デイルが微妙な顔のまま首を傾《かし》げる。

「薬草園を案内すると言ったら、アイシャは喜んでいた」

「そっか。じゃあ、明後日のことを伝えて、一応手入れをしとくようにとグライフに言っておくか」

ウィルフレッドが戻ってきたからか、デイルが席を立つ。

「グライフとは誰だ？」

「薬草園の庭師のおっちゃん」

宣言通り、庭師のところへ行くのだろう。

片手をひらりと振って、デイルが出ていった。

……あいつは何であんなに顔が広いのか。

誰とでもすぐに親しくなれるのが昔から不思議だった。

「俺も仕事を減らしておくか」

明後日、アイシャを薬草園に連れていくのだ。

そのためにも、仕事はある程度終わらせておかなければ。

＊　＊　＊　＊　＊

夜、わたしはベッドの上に座ってぼんやり花を眺めていた。

燭台の明かりに照らされた青い小さな花々は、昼間、皇帝からもらったものだ。初めて見る花だが、控えめな小さな花が可愛らしく、澄んだ青色が美しい。

皇帝陛下が帰った後、侍女のシャロンには色々と言われた。

「不仲になって殺されても困るけど、仲良くなっても困るのはあなたよ。もし王国でのことやあなた自身のことを喋ったら、乳母の命はないわよ。黙っておくには皇帝とあまり距離を縮めすぎないことね！」

確かに皇帝陛下と親しくなったら、うっかり口を滑らせてしまうこともあるかもしれない。

そうなった時、きっと皇帝陛下は激怒するだろう。

よくも魔力のない無価値な王女を寄越《よこ》したなと王国にまた攻め込んでくる可能性もあるし、それが知られたらわたしは皇帝陛下や人々を騙した罪で首を刎ねられ、わたしのせいで乳母《マーシア》も殺される。

……わたしは殺されて当然だけど、せめてマーシアだけは生きてほしい……。

立ち上がり、花瓶に近づいてそっと花に触れる。

「それにしても花を贈られるなんて。あなたみたいなグズには贈り物なんて勿体ないけれど、所詮、道端に咲いているような花がお似合いってことね」

花瓶に活けられた花を見て侍女は鼻で笑ったが、わたしにとっては初めてもらった花束だ。

贈り物という名目で妹や弟から虫の死骸などを無理やり渡されることはあったが、花を贈られたことはなかった。たとえ道端に咲いている花でも、たまたま窓から見えたから摘んだ花でもいい。わたしに渡したいと思って持ってきてくれたことが嬉しかった。

……それに、この花はわたしの目の色と同じ。

マーシアはよく、わたしの青い目を褒めてくれた。

『アイシャ様の瞳はお母君とそっくりの、綺麗な青色ですよ』

わたしはお母様似で、お母様も銀髪に青い瞳をした、とても優しくて美しい人だったそうだ。

マーシアは元々お母様の親友だったけれど、お母様が妊娠した時に後宮入りすると聞いて侍女としてついてきたそうだ。お母様の最期を看取ってくれた人でもあった。

お母様はマーシアにわたしを託し、マーシアはその約束を守って、ずっとわたしの侍女でいてくれた。

……だからこそ、マーシアを死なせるわけにはいかない。

目を閉じ、そして、ゆっくりと呼吸をする。

ほのかに花の匂いがする。

……皇帝陛下を騙し続けるしか、道はないの。

罪悪感はあるけれど、それしか選択肢はない。

「……大丈夫、上手く出来るわ」

声に出して自分に言い聞かせる。

青い花から視線を外し、ベッドに向かう。

昼間のことを思い出すと胸がドキドキと高鳴るのも、きっと、初めて花をもらって浮かれているからだ。明日になればもうこの高揚感も消えるだろう。


そうして、薬草園に行く日になった。

何故か朝からシャロンは苛立《いらだ》った様子で、身支度を手伝う手つきも荒々しかったけれど、午後になり、皇帝陛下が来た時には普段通りに戻っていた。

それが少し気にかかったものの、下手に口出しをして更に侍女の機嫌を損ね、今度こそ鞭で打たれたら嫌なので黙っておくことにした。

「では、薬草園に行くか」

部屋に来て早々、皇帝陛下は言った。

お茶でもと思ったが、わたしもボンネットをつけてもらい、外出の準備を済ませる。皇帝陛下が許可してくれるなら薬草に触れたいので、邪魔になる日傘はいらない。

「薬草園は城の裏手にあるから少し歩くが、問題ないか？」

「……はい、大丈夫です」

部屋を出て、皇帝陛下の後を追って廊下を歩く。

その後ろから侍女と兵士達がついてきた。

……少し、歩くのが速い……。

小走りで追いかけると、不意に皇帝陛下が立ち止まった。

何も言わなかったが、次に歩き出した時はゆっくりとした歩調になっており、小走りにならなくて済んだ。

……もしかして、わたしに合わせてくださっている？

前を歩いているので皇帝陛下の顔は見えないが、明らかに歩く速度は落ちていた。

「薬草を調べるのが趣味だと言っていたが、薬草以外で好きな花などはあるのか？」

皇帝陛下の問いに少し考えを巡らせた。

好きな花と聞いて最初に思い浮かんだのは、先日もらった小さな青い花だった。他の花はあまり知らない。

王国にいた時も、庭園に行くと妹達に会ってしまうため、花を見る余裕もなかった。

「……いいえ、特に好きな花はございません」

「そうか」

会話が途切れる。話題がないことが申し訳なかった。

もっと話し上手だったらよかったのだが、今まで、マーシア以外の人とはあまり話す機会がなかった。わたしと話していてもきっとつまらないだろう。

城の中を抜けて庭に出る。

……久しぶりに外へ出た気がする。

眩《まぶ》しさに少し目を細めながら、皇帝陛下についていく。

薬草園が城内でもあまり目立たないところにあるのは、やはりどこでも同じらしい。庭園は青々と植物が茂っている。王国の庭園より、自然に近い雰囲気が感じられた。

城を出てからしばらく歩くと薬草園だろう場所に着いた。

「皇帝陛下、皇后様、ようこそお越しくださいました」

庭園の出入り口にはくすんだ青色の髪をした老人が立っていた。

「グライフだな？」

「はい、デイル様よりお話は伺っております」

皇帝陛下と老人が短く会話を交わし、皇帝陛下が振り返る。

「薬草園の管理人だ」

「グライフと申します、皇后様」

老人が礼を執る。皇后と呼ばれることに違和感を覚えつつ、わたしも礼を返した。

「……アイシャと申します、グライフ様」

「ははは、私のような者に様付けなんてとんでもない。一使用人にすぎないので、どうぞグライフとお呼びください」

「……分かりました」

穏やかで優しそうな老人だった。

その時、横から大きな咳払いがした。

「グライフ、ここの薬草は触れても害はないか？」

「ええ、こちらの庭園は触れても問題のない薬草のみを育てておりますので、欲しいものがあれば摘んでいただいても構いません」

「だそうだ。……欲しい薬草があれば採っていくといい」

老人は皇帝陛下とわたしを見た後、微笑んだ。

「私は少々足が不自由ですので、中のご案内は出来ませんが、陛下とごゆっくりご覧ください」

そう言って、老人は少し足を引きずるようにして近くの小屋に消えていった。

それを見送っていると、皇帝陛下に声をかけられた。

「中へ入ろう」

「……はい」

促されて、薬草園の門を潜《くぐ》る。中では色々な薬草が育てられていた。

見たことのあるものも多いが、初めて見るものもあり、それらの薬草を眺めているだけで楽しくなってくる。手袋を外して薬草にそっと触れる。瑞々《みずみず》しい葉や茎の様子から、大切に育てられているのが分かった。

「知っている薬草か？」

皇帝陛下の問いに頷いた。

「これはラムソルといいます。薬草ですが、料理や化粧水などにも使えると本で読んだことがあります」

「薬草を料理に使うのか？」

「はい、パン生地に混ぜたり、肉料理に使ったりすると、より美味しくなるそうです。王国では薬草を料理に使うことは珍しくありませんでした」

王国では、薬草のいくつかの種類は料理に使う香辛料として扱われているが、帝国ではそうではないらしい。

ふむ、と皇帝陛下が考える仕草をする。

「帝国では薬草を料理には使わないな。まあ、竜人は人間より感覚が鋭いから、我が国では好まれないのかもしれない」

その推察に、なるほど、とわたしは納得した。

人間でも好みが分かれるので、嗅覚が鋭い竜人には薬草の香りが強すぎるのだろう。思えば、帝国の料理はあまり複雑な味付けがされていないし、味自体も王国の料理に比べると薄い。嗅覚だけでなく味覚も敏感だとしたら、王国のような濃い味付けの料理は竜人には食べにくそうだ。

「だが、少量なら試してみる価値はあるだろう。いつも似たような味付けばかりで少し飽きていたところだ。他に、料理に合う薬草はあるか？」

言いながら、皇帝陛下がわたしの横で屈《かが》み、薬草を摘む。

それに少し驚いてしまった。

「……いくつかございますが……」

「では、それを探してみよう」

立ち上がった皇帝陛下に釣られて、わたしも立ち上がる。

皇帝陛下は辺りを見回し、そして、少し困った顔をした。

「……どれも同じに見えるな」

薬草を見慣れていないとそうだろう。昔のわたしも、薬草を見分けるのが苦手だった。

「葉の形や茎の分かれ方を見るとよいかと。薬草の中には、同じ種類だけど、異なるものが多くありますので」

わたしの言葉に皇帝陛下が近くの薬草をジッと見つめる。

集中しすぎて眉間にシワが寄っている。それでも違いが分からなかったのか、また屈んで眺め始めた。

「難しいな……」

「……わたしも、見分けられるようになるまでに時間がかかりました」

「そうなのか」

立ち上がった皇帝陛下が、手の中にあるラムソルを見る。

小首を傾げているので、多分、どれも同じ植物のように感じているのだろう。

薬草園の中を歩き、眺めながら目的のものを探す。

「……あの、竜人族は肉と魚と野菜でしたら、どれがお好きなのでしょうか？」

「肉。本来がドラゴンだからな」

皇帝陛下の即答に、また納得した。

「それでしたら、先ほど採ったラムソルに、エマイス、エガス、マロジャン、リサーブ辺りがよろしいかと思います」

話しながら、見える範囲にある薬草を指差すと、皇帝陛下が少し慌てた様子で「待て」と止めてくる。

「ひとつずつ教えてくれないか？」

わたしが指差したほうを見て眉をひそめ、どこか途方に暮れているようにも見える姿は、何だか年上には感じられなくて少し微笑ましい。

薬草に近づき、指差してみせる。

「これがエガスです」

「エガス」

「はい。そして、こちらがマロジャン」

「マロジャン」

わたしの後を追って、皇帝陛下が薬草を摘む。

最後のリサーブを摘んだところで、屈んだ皇帝陛下が小さく唸《うな》り、手で頭を掻く。

「エガス、マロジャン、エマイス、ラムソル、あとリサーブ……って、全部交ざってる……くそ、どれも緑ばっかりだ」

だが、言葉とは裏腹に真剣な眼差しで薬草を見る皇帝陛下の横顔は少し幼い。乱れた髪には、手に付いていたのだろう土が付着していた。

「陛下、御髪《おぐし》が……」

思わず手を伸ばし、そっと黒髪に触れると、意外とサラサラとしていて癖がなく、簡単に土を落とせそうだった。

しかし、バシリと手を振り払われた。

驚いた表情の皇帝陛下と目が合い、後悔する。

つい、勝手に触れてしまった。

怒らせてしまっただろうかと思ったが、わたしが謝罪するより先に、何故か皇帝陛下が慌てて立ち上がると謝ってきた。

「っ、すまない、驚いてしまって……手は大丈夫かっ？」

振り払ったわたしの手を見て、皇帝陛下の手が戸惑うように宙を彷徨《さまよ》う。

……怒ってはいないみたい。

それにホッとしつつ、わたしは頷いた。

「はい、問題ありません。……わたしこそ急に触れてしまい、申し訳ございませんでした」

急に後ろから触れられたら、誰だって驚くだろう。

マーシアと薬草園でよく薬草を摘み、汚れを落とし合っていたので、汚れを見て反射的に手が伸びてしまった。

「ああ、いや、それは構わないが……」

皇帝陛下がジッとわたしを見て、眉根を寄せた。

怒っているというより、戸惑っているふうだ。

「その、具合が悪くなってはいないか？　頭痛や吐き気、倦怠感《けんたいかん》などは？」

その問いに疑問を感じながらも首を横に振る。

「いいえ、特にはございません。……薬草の匂いなどには慣れておりますので、これくらいであれば大丈夫です」

そう答えると皇帝陛下は「そうか」と呟いて、黙った後、手元の薬草に視線を向けた。

「何ともないならいい」

微妙な空気が漂う。

「それで、この薬草達を使うと肉が美味くなるのか？」

「あ……はい、使い方については王国より持ってまいりました本がありますので、お帰りの際にお渡しいたします」

皇帝が目を瞬《しばた》かせた。

「いいのか？　本がないと困るだろう？」

「わたしは内容を覚えておりますので……」

「そうか。それなら少しの間、借りるとしよう」

空気が元通りになり、ホッとしながら皇帝陛下に声をかけた。

薬草園の中には長椅子があり、休憩のため、皇帝陛下と並んで腰掛ける。

皇帝陛下は手の中の薬草が気になるらしく、指先で葉先を弄《いじ》っていた。

「……それはリサーブです。艶のある葉が楕円形で可愛らしいのが特徴です」

「ああ、確かに他より葉に丸みがあるな」

何かに気付いた様子で皇帝陛下がリサーブの葉を眺めた。

他の薬草を摘み、訊いてくる。

「これはラムソルだよな？　葉が細い」

「はい、その通りです」

「アイシャが最初に教えてくれたから覚えられた」

正解したことが嬉しかったのか、皇帝陛下が笑う。

その笑顔はやや幼くて、間近で見てしまったわたしの心臓がドキドキと早鐘を打つ。

だが、少し離れた場所に控えるシャロンの姿を見て我に返る。

……親しくなりすぎてはいけないのに。

思わず俯いてしまった。

「どうした？　疲れたのか？」

皇帝の問いに、わたしは頷いた。

「……はい、少し疲れてしまったようです……」

「そうか、無理はよくない。部屋まで送ろう」

皇帝陛下が立ち上がったので、わたしも立ち上がる。

そうして、薬草園の外に出ると管理人がいた。

「これを厨房に届けて保管しておいてくれ」

「かしこまりました」

薬草を管理人に渡して皇帝陛下がこちらを振り返る。

わたしが歩き出せば、皇帝陛下もゆっくりとした歩調で城へと向かう。会話はなかったが、わたしが離れると皇帝陛下は立ち止まり、追いつくとまた歩き出す。

どう考えてもわたしの存在を意識して歩いていた。不思議な感覚だった。

会話はないのに、互いに相手との距離を感じている。

行きよりも短い時間で部屋に着いた。

「後はゆっくり休め」

部屋の前で皇帝陛下が振り向いた。

「……はい、お気遣いありがとうございます」

何となく、今、皇帝陛下の顔を見てはいけないと思った。

よく分からないが、顔を合わせたら後悔する気がした。

「また今度、薬草について教えてくれ。本はその時に貸してくれればいい。……今日は楽しかった」

その言葉にハッと顔を上げて皇帝陛下の顔を見てしまい、予想外の柔らかな微笑みに胸がギュッと痛んだ。

皇帝陛下は「まだ政務があるから俺は戻る」と言って背を向け、廊下の角を曲がって消えていく。それを見送ってから部屋に戻っても、まだ、胸が苦しいように感じられた。

侍女はわたしを着替えさせると早々に出ていった。

……わたしといて、楽しかったなんて……。

嘘だと、冗談だろうと思いたいのに、あの柔らかな微笑みを思い出すと胸が苦しくなる。

そんなふうに言ってくれるのは、わたしの人生ではマーシアしかいなかった。

そんなふうに言ってくれる人を、わたしは騙し続けなければいけない。

「……ごめんなさい……」

どうすれば、この罪悪感は消えるのだろうか。

最初は冷たい人だと感じたが、本当はそうではないのかもしれない。

……ずっと冷たいままならよかったのに。

わたしはどうしたらいいのだろうか。


皇帝陛下と薬草園に行ってから一週間。わたしはずっと部屋に引きこもっていた。

また今度と言われたものの、皇帝陛下はあれ以降わたしの部屋を訪れず、手紙もなかった。

……気紛《きまぐ》れだったのね。

先日のことは忘れようと思っていたところに来訪者があった。

鮮やかな赤い髪に同色の瞳をした、褐色の肌の男性で、どこか野性みを感じさせる顔は整っている。背は皇帝陛下と同じくらいだろうか。がっしりとした体つきである。

皇帝陛下の手紙を以前、持ってきてくれたのもこの人だった。

「よう、お姫さん。改めて、オレはデイル・クラーク。ウィルフレッドの幼馴染で、まあ、右腕みたいなモンだな。この前は挨拶もしないで悪かった」

と、軽い調子で挨拶をされて驚いた。

「……は、初めまして、アイシャと申します……」

どうぞ、とソファーを勧めたが、手を振って断られた。

「あ～、いや、遠慮しとく。それより、今ウィル……皇帝陛下は体調を崩してな、お姫さんのところに来られないんだ」

「まあ、そうだったのですね……」

てっきり、もうわたしに興味がなくなったのだと思っていたが、体調を崩しているのなら手紙ひとつないのも頷ける。

「……皇帝陛下の体調がよくなられることを願っております」

わたしの言葉にデイル様が何故か困った顔をする。

「それなんだけど、お姫さん、皇帝陛下の見舞いに来てくれないか？　あいつ、ずっと『次も約束したのに』って無理しようとするんだ。そのせいで余計に具合が悪くなってさ」

「そんな……」

チクリと胸が痛む。

……わたしは自分のことばっかり考えていたのに……。

皇帝陛下が体調を崩しているなんて知らなかった。

「……しかし、わたしが伺ってはご迷惑をおかけしてしまいます」

体調を崩しているのに、行っても困らせるだけだ。

だが、デイル様が「待て待て」と言葉を重ねた。

「迷惑になんてならないって。どうせあいつのことだから、『弱っている姿を見せるなんて恥ずかしい』とか何とか言って、見舞いに来てほしいなんて絶対に言わないからな。むしろ、こういう時こそ誰かがそばにいてくれたほうが嬉しいってモンだろ?」

デイル様の言葉に、ふと幼い頃を思い出した。

風邪を引いて体調が悪い時、心細くなって泣いたわたしをマーシアは頭を撫でたり手を握ったりして慰めてくれた。温かなマーシアの手に安心したことを覚えている。

「……そう、ですね……確かに、具合が悪い時にひとりは心細いです……」

あの頃も、薬がなくても、ただ手を握ってくれるだけで苦しさが軽くなる気がした。

「だから、お姫さんには見舞いに来てほしいんだよ」

侍女が小さく咳払いをする。

「恐れながら、皇帝陛下はご病気でいらっしゃるのでしょうか?」

侍女の問いかけにデイル様が首を振った。

「病ではない。お姫さんにうつるものじゃあない。たまたま体調を崩しているだけだ」

「そうでございましたか。失礼いたしました」

「いや、侍女としては主人の心配をするのは当然だ」

シャロンは微妙な顔をしている。行かせてよいか考えているのだろう。近づきすぎないためにも行かないほうがいいとは分かっているのに、皇帝陛下のことが気になってしまう。

……陛下も、心細くなったりするのだろうか。

「……分かりました」

「おお、助かる。じゃあ今から行こうぜ」

「えっ……」

お見舞いの贈り物すら用意していないのに。

デイル様が部屋を出てしまい、慌てて追いかける。

城の廊下を歩き、今まで立ち入ったことがないほど奥へと進んでいく。恐らく、皇帝陛下の居住区なのだろう。

やがて、ひとつの扉の前でデイル様が立ち止まった。

「ここが皇帝陛下の寝室だ。……ああ、侍女は入らないように。寝室に入っていいのは夫婦だけだ」

「しかし、王国では王侯貴族の娘が異性とふたりきりになるなど……」

「夫婦ならいいだろ？」

とデイル様にシャロンは止められた。

デイル様を見るとウインクを返される。

「とりあえず中に入って様子を見てやってくれ。ああ、寝てるから、あんま触らないようにな」

「はい、かしこまりました」

そうして、兵士が扉を開けてくれたので室内へ入った。

背後で静かに扉が閉められる。

カーテンが閉め切られた薄暗い部屋は広く、扉から少し離れたところに天蓋付きの大きなベッドが設置されている。皇帝陛下の部屋にしては豪奢さがなかった。

「……失礼いたします、陛下」

そっと声をかけてみたけれど、返事はない。

静かにベッドへ歩み寄り、天蓋の中を覗けば、皇帝陛下が眠っていた。

熱が出ているようで、頬が少し赤くなっており、汗も掻いている。額《ひたい》から布がずり落ちかけていた。起こさないように布に触れると温《ぬる》かった。

ベッドのサイドチェストの上には桶があり、綺麗な水が入っている。少し水に触れてみると冷たかった。布を浸し、絞って、形を整えてから皇帝陛下の額にのせた。

熱のせいか少し息苦しそうな様子が心配だ。

……お医者様にはもう診てもらったのかしら。

きっと診てもらったのだろうけれど、解熱薬などは出されなかったのだろうか。

ベッド脇に置かれた椅子に腰掛ける。

起きるかと思ったが、しばらく待ってみても目を覚ます気配はなく、そもそも話せるような状態ではなさそうだった。皇帝陛下の手がシーツを強く握り締めている。

荒い息をしているのが可哀想で、子供の頃の自分を思い出した。

……デイル様はあまり触れないようにとおっしゃっていたけれど。

そろりと皇帝陛下の手の甲に触れる。やはり熱い。

シーツを握る手の上から、わたしの手を重ねる。

わたしよりもずっと大きな手はとても熱かった。

「大丈夫ですよ、陛下……大丈夫」

わたしの手の冷たさが心地好かったのか、陛下の手がシーツを離し、わたしの手を握った。

それにドキリとしてしまう。掌の皮膚が硬い。

ギュッと握り返せば、反射なのか弱く握り返される。

皇帝陛下の熱が伝わってきているのか、少し体がぽかぽかと温かくなるが、決して嫌な感覚ではなかった。

……早くよくなりますように。

空いているもう片方の手で陛下の頬に張りつく髪を除《の》けていると、金色の目が僅かに開かれる。ぼんやりしていて、焦点の合っていない目がわたしを見た。

何も言わないので、あまり意識がハッキリしていないのかもしれない。

「……すぐによくなりますよ」

そう声をかけると、皇帝陛下が目を閉じる。疲労しているのか寝息を立て始めた。

……わたしはどうしたいのだろう。

親しくなってはいけないのに、皇帝陛下から声をかけられなかったこの一週間ずっと、心のどこかで『明日は手紙が来るのでは』『会いに来てくれるのでは』と期待してしまう自分がいた。

心も頭もぐちゃぐちゃになる。こんな気持ちは初めてだった。

……いつもなら簡単に諦められるのに。

いじめられても、馬鹿にされても、笑われても、どんなに苦しかったり悲しかったりしても、仕方がないと諦めることが今までは出来たのに。

この人が笑いかけてくるから。次も笑いかけてくれるのではと期待してしまう。

「……陛下、お許しください……」

それから一時間ほど皇帝陛下の寝室で過ごした。

皇帝陛下の熱が下がってきたようなので、部屋を出れば、控えの間にシャロンとデイル様がいた。出てきたわたしを見て、デイル様が声をかけてくる。

「ウィルフレッドは起きたか？」

「……いいえ、よく眠っておられました」

「そっか。……起きてくれたほうがよかったんだけどな」

デイル様がどこか残念そうな顔をする。

そのことに首を傾げていると、デイル様が手を振った。

「いや、何でもない。急に悪かった」

「いいえ、こちらこそお気遣いいただき、ありがとうございます」

恐らく、デイル様は皇帝陛下の現状をわたしに教えることで、声をかけられないのは事情があるからだとわたしに知ってほしかったのだろう。

その後、デイル様が部屋まで送ってくれた。

「お姫さんに看病してもらったって聞いたら、あいつも喜ぶ」

とデイル様は言っていたけれど、どうだろうか。

……喜びはしないと思う。

デイル様が怒られないといいのだが。

「じゃあまたな、お姫さん」

そう言って、デイル様は帰っていった。

＊　＊　＊　＊　＊

熱に浮かされる中、誰かの声がした。

「大丈夫ですよ、陛下……大丈夫」

魔力過多によって体調を崩すなど竜人族では幼い子供しかならないことだが、ウィルフレッドはあまりに魔力が多すぎるせいで成人しても時折、こうして熱を出すことがあった。

ただの風邪ならばいいが、魔力過多による不調はつらい。体内で多すぎる魔力が暴れ回り、気持ちが悪く、熱も出て、体の節々が酷く痛む。魔力が多すぎることも問題だった。

手の甲に冷たい感触がある。その冷たさのおかげか、体の中で暴れていた魔力が少しずつ鎮まり、息苦しさが若干だが解消された。

意識が浮上して目を開けると、すぐそばに誰かがいる。

「……すぐによくなりますよ」

落ち着いた、優しい、少女のような澄んだ声。

聞き覚えはあるが、熱のせいか思い出せない。

ただ、手に感じる冷たさが心地好かった。

目を閉じると、今度は簡単に眠りについた。


ふっと目が覚め、ウィルフレッドは顔を動かした。

ずるりと額から何かが落ちる。手に取ってみると、だいぶ温くなってはいるが、濡らした布が額にのせてあったようだ。

……誰かが来ていた気がするが。

記憶を辿《たど》っていると部屋の扉が開けられた。

足音が近づき、天蓋のカーテンの向こうからデイルが顔を覗かせた。

目が合うと驚いた顔をされる。

「ウィル、もう起き上がって大丈夫なのか？」

問われて、そういえば、と驚いた。魔力過多で不調になると、いつもならば最低でも一週間は寝込むことになるのに、今回はまだ三日目だ。

汗を掻いて少し気持ち悪いものの、体自体は軽く、気分もスッキリとしていて、体の中で魔力ももう暴れていない。

「ああ、もう問題ない」

むしろ、今までで一番体調がいいかもしれない。

体を起こせば、デイルが持っていた桶をサイドチェストに置く。

「この布はお前が額にのせてくれたのか」

「ん？　まあ、最初はオレがやったけど……さっきまでお姫さんが見舞いに来てたから、布を冷やしたのは多分、お姫さんじゃないか？」

「……何だって？」

デイルの言葉にギョッとした。

魔力過多のウィルフレッドはある意味、危険物だ。

もしも、うっかり肌が触れ合ってしまったら、ウィルフレッドの体内にある大量の魔力がアイシャの体に流れてしまう。そうなれば、アイシャも無事では済まないだろう。

「何故、そんな危険なことをさせたんだ！」

思わず怒鳴ったウィルフレッドに、デイルが言う。

「だってさ、お前さんが体調を崩したせいでお姫さんが放ったらかしだっただろ？　いつかは言わなくちゃいけないんだし、お前の現状を見てもらっていたほうが納得しやすいし。……あ、ちゃんとお前に触らないようには言ったからな？」

言い訳をするようにデイルが言葉を重ねる。

デイルはアイシャに触れないように言ったそうだが、この手に誰かが触れた記憶が確かにある。今もまだ、その時の心地好い冷たさを覚えていた。

……俺よりも細くて、冷たい手だった……。

「……アイシャは俺の手に触れた」

デイルが目を丸くする。

「え？　でも、お姫さんは何ともなさそうだったぞ？」

「本当に？　気分が悪そうにしていなかったか？」

「ああ、普通に部屋まで歩いて戻ったたし、顔色も悪くなかった」

ウィルフレッドはデイルと顔を見合わせた。

……どういうことだ？

普通なら、ウィルフレッドに触れた瞬間、大量の魔力が流れ、触れた相手は体調を崩してしまうはずなのに。

「……デイル、とにかく、アイシャの使用人を増やせ。もしかしたら体調不良を我慢している可能性もある」

さすがにまずいと思ったのかデイルが頷いた。

「分かった、手配してくる」

デイルが部屋を出ていく。

それを見送り、ウィルフレッドは自身の手を見下ろした。

体内に意識を集中すれば、魔力が安定しているのが分かった。

あり余っていた魔力の気配はなくなっていた。


その数時間後、デイルが報告しに戻ってきた。

ウィルフレッドも汗を流し、数日ぶりに食事を摂ったことで気分も落ち着いた。

「お姫さんの侍女が言うには何ともないらしいぞ」

「本人に直接聞かなかったのか？」

「入浴を済ませた後のお姫さんにオレが会っていいのか？」

デイルの返答にウィルフレッドは押し黙る。

入浴後ということは、恐らく夜着姿である。

そんなアイシャの姿を、たとえ信頼の置けるデイルであっても、見せたくはない。『番』のそういう姿はウィルフレッドだけのものなのだ。

まだデイルは『番』を見つけていないが、デイルの両親は竜人の番同士なので、『番』を見つけた竜人の男がどういう反応をするか分かっているのだろう。

「だから、侍女に訊くだけにしておいたんだよ」

デイルが小さく笑い、向かいのソファーに腰掛ける。

「……無事なら、それでいい」

アイシャが何ともなければ十分だ。

「なあ、やっぱり気のせいだったんじゃないか？　竜人ですら耐えられないお前の魔力に、人間のお姫さんが耐えられるとは思えないんだよな」

「……そうだな、気のせいかもしれん」

見下ろした手を握る。

入浴したことで、掌の冷たさはもう消えてしまった。

「見舞いに来てくれた礼は何がいいと思う？」

「せっかくなら、それを理由に色々贈っちまえよ。ドレスでも、装飾品でも、贈れば多分身に着けてくれるだろうし」

ウィルフレッドが贈ったものをアイシャが身に着ける。

……それは、かなり嬉しいが。

「嫌がられないか？」

「綺麗なものをもらって嬉しくないってことはないだろ。特にドレスも装飾品も、人間の貴族は毎日使うものだから、あっても困らないはずだ」

「なるほど」

そういうわけで、アイシャに贈り物をすることにした。

＊　＊　＊　＊

あれから、皇帝陛下は体調がよくなったそうだ。

手紙が届き、そこにはお見舞いに対する感謝と共にお礼をしたいと書かれていた。

そして、手紙が届いた翌日から、服飾店のデザイナーや宝飾店のオーナー、家具などを扱う店の人達が来て、わたしは断る暇もなくドレスを作ることになり、今までにないほど沢山のネックレスやピアスなどを持つことになってしまった。

それに、今まで使っていた家具もほとんどが新しいものへと替えられた。

断ろうとしても皆「陛下のご命令ですから」と言う。

その間、シャロンに睨《にら》むように見られていて落ち着かなかった。

「あなた、陛下に何をしたの？」

と訊かれたが、わたし自身も分からなかった。

でも、王国から持ってきたドレスはどれも地味で、流行からも外れたものばかりだったので、新しいドレスには少し浮かれてしまった。それくらいどれも素敵なデザインだった。

だが、シャロンは気に入らなかったらしい。

「あなたみたいなのには似合わないし、勿体ないわ！」

不満そうな様子で一日中、文句を言っていた。

……確かに、わたしには華やかすぎるかもしれない。

それでも、一度くらいは流行を取り入れた綺麗なドレスに袖を通してみたかった。

「そうそう、今後は皇帝陛下との夜は避けなさい。他の使用人達に聞いたのだけど、皇帝陛下ほど強い竜人の子を孕《はら》むと死ぬかもしれないらしいわ。あなたが死んだら第二王女殿下が次の人質になってしまう。それは困るのよ」

「……分かりました」

それを聞いてチクリとまた胸が痛んだ。

……やっぱり、わたしは次代の皇帝を産むための道具なのね。

そんなことは分かっていたはずなのに苦しくなった。

服飾店や宝飾店、家具などの話が落ち着くと、皇帝陛下が訪ねてきた。

「贈り物は喜んでもらえただろうか？」

皇帝陛下の問いに、わたしは頷いた。

「……はい、陛下より賜りましたものは、大切に使わせていただきます」

ジッと皇帝陛下から視線を感じる。

「……そうか」

どこか納得したような、していないような、どうとも受け取れる声音だった。

こういう時に笑顔で「ありがとうございます」と言えれば可愛げもあるのだろうが、どうしても、わたしには過分な贈り物だという気持ちのほうが強くて、素直に喜べない。

一度手にしたものが奪われるつらさを知っているから、素晴らしいものほど、いつかわたしの手を離れていくと思っていたほうがいい。そのほうが、奪われても傷付かずに済む。

「話は変わるが、君の周りの使用人を増やそうと思う」

「え？」

皇帝陛下の言葉に驚いて顔を上げると、金色の瞳と目が合った。

「人見知りだと侍女から聞いているが、皇帝の妻に侍女がひとりしかつかないというのもおかしな話だからな。竜人ならばともかく、人間の王侯貴族は使用人を多くつけるのが一般的だろう？　何より、現状では侍女ひとりに負担がかかりすぎる」

背後でシャロンの気配を感じる。

恐らく、わたしに断れと視線を向けていることだろう。

「その、お断りすることは出来ないのでしょうか……？」

意を決して訊いてみたが、皇帝陛下が訝《いぶか》しげな顔をする。

「慣れない者達が周りにいると落ち着かないのだろうが、君につきたがっている使用人も多い。それとも、その侍女以外がつくと何か問題でもあるのか？」

と訊き返されてしまえば、それ以上は言えなかった。

「いいえ、そうではないのですが……」

「では、数日中に侍女やメイドを手配する。君が特に何かする必要はない。それに、この国でずっと暮らすのだから、皆とも交流を深めたほうがいい」

「……かしこまりました」

もはや決定事項のように皇帝陛下は言う。

……しばらく、機嫌が悪くなりそうね。

背後のシャロンの様子を見るのが怖かった。

皇帝陛下の決定から三日後、新しい侍女とメイドが来た。

侍女は三人、メイドは十五人ほどいて、こんなに必要なのかと驚いたけれど、常にわたしのそばや控えの間に侍女一名、メイドは三名から五名は控えるのだと聞いて納得した。

シャロンは表面上、笑顔で受け入れていたけれど、内心は不満と怒りでいっぱいだろう。

新しい侍女とメイドは半数以上が竜人だった。

使用人だが戦闘も出来るので、竜人の使用人は護衛も兼ねているらしい。

新しい侍女達も、メイド達も、優しくて丁寧で、仕事も早く、シャロンはどこか肩身が狭そうである。

常に新しい侍女かメイドがそばにいるため、シャロンは愚痴ひとつこぼすことも出来ず、今までのようにわたしに当たることも出来ず、どこかでそれが爆発するかもしれないとシャロンの顔色を窺って過ごす日々は息苦しかった。

＊　＊　＊　＊　＊

シャロン・オロークは苛立っていた。

ウィールライト王国の第二王女付きだったというのに、監視役として、第一王女付きに回された挙句、帝国にたったひとりでついてくることになってしまった。

……損な役を押し付けられてしまったわ。

元第一王女の監視役は思っていた以上に大変である。

どうせ帝国でもこの元王女は放置されるだろうから、適当に自分のことは自分でさせようと考えていたのに、どういうわけか皇帝が元第一王女に関心を持ってしまっている。

使用人を増やさないかと何度か提案を受けた時は『王女様は人見知りですので』と断っていたが、ついに、皇帝は押し切る形で元第一王女付きの使用人を増やしてしまった。

愚痴も言えなくなったし、王女に手を上げることも出来ないし、それどころか元王女に対して口出しをする余裕もない。仕事を放り出せないので、他の侍女達と同じことをしなければならず、今までよりずっと仕事量が増えた。

……まずいわ……。

先日、皇帝が元第一王女に贈った数々の宝飾品。

それらをシャロンはこっそり持ち出していた。

ピアスや指輪などの小さなものは服に隠して持ち出し、城に来る商人にこっそり売り払ったし、ネックレスやブローチも服に忍び込ませて王国に送ってしまった。今頃、第二王女殿下の手元に渡っていることだろう。

いつか王国に戻れた時に地位を盤石なものにするための賄賂だったが、まさか、この時期に使用人が増えるとは思いもよらなかった。侍女達が収められた宝飾品を見て『意外と少ないわね』と呟いたのを聞いた時は、心臓が止まりそうだった。

幸い、他の侍女達は仕事に追われてすぐにそんなことなど忘れてしまったようだが、もう、宝飾品を売ったり送ったりは出来そうにない。

三人の目を盗んで持ち出したとしても、なくなれば気付かれてしまう。

王女の部屋にいれば、甲斐甲斐しく世話をされる元王女を見て腹立たしくなるし、控えの間にいても、他の侍女やメイド達は元第一王女の話ばかりするのでうんざりする。

……ああ、本当にイライラするわ！

妾の子のくせに何人もの使用人に傅《かしず》かれて、まるでそれが当然だというふうに過ごしている元第一王女も、同じ侍女のくせに私を『仕事が出来ない侍女』と言う侍女達も、何もかもが不愉快である。

王国では第二王女殿下のご機嫌を取るのが侍女の仕事だった。

他の雑用はただのメイドの仕事で、侍女は第二王女殿下のちょっとした身の回りのことをすればよかったのに、帝国では侍女の仕事が多すぎる。

……私だけでも王国に呼び戻してもらえないかしら。

しかし、王国から届いた手紙を見てシャロンは固まった。

送ったネックレスやブローチを第二王女殿下がとても気に入り、もっと欲しがっているので送るようにとのことだった。

……こんな状況で持ち出せるわけないじゃない！

それでも、何とかして価値のあるものを送らなければ、第二王女殿下の機嫌を損ねてしまう。

そうなれば、もし王国に戻れたとしても、一介のメイドに落とされてしまうかもしれない。

「……そうだわ」

侍女の名前で送れないなら、元第一王女の名を使えばいい。

＊　＊　＊　＊　＊

「……やはり、何かおかしい」

ウィルフレッドの言葉にデイルが首を傾げた。

「何かって何が？」

「アイシャのことだ。彼女付きになった侍女やメイドが口を揃えて『皇后様は王国から連れてきた侍女の顔色を窺っている』と報告している。普通は逆だろう？」

使用人の侍女が主人のアイシャの顔色を窺い、機嫌を損ねないよう気を配るならともかく、主人であるアイシャが侍女を気にするというのはおかしな話である。

デイルも眉根を寄せている。

「厳しい侍女なんじゃないか？　たとえば元は家庭教師だったとか。そういうことも珍しくないって聞くしな」

「そうだとしても、やはり使用人にそこまで気を遣うのは変だ。その侍女に関しては他にもいくつか不審な話を耳にした」

アイシャ付きの侍女やメイド達からは定期的に報告を受けているが、特に侍女からの報告には疑問点が多い。

まず、王国から来た侍女は仕事があまり出来なかった。身支度の手伝いも遅く、やや雑で、侍女の仕事の内容がそれほど身についてないように感じられるらしい。

次に、侍女が管理するはずの宝飾品がいくつか足りないという。

ウィルフレッドが先日手配し、アイシャのために購入した宝飾品が聞いていたよりも数が少なく、目録にあるはずのものがない。

そして、アイシャが侍女の顔色を窺っている。

「この侍女、本当はアイシャ付きの侍女ではないんじゃないか？　常にそばにいるが、主人を心配してというより、監視している気がする」

……だが、何故アイシャに監視をつける？

「それもおかしくないか？　何でお姫さんに監視が必要なんだ？　護衛なら分かるけどさ」

「何か知られたくないことがあるのか、アイシャ自身に秘密があるのか。……デイル、【アイシャ・リエラ・ウィールライト】について情報を集めてきてくれ」

勝手に調べたと知られたら嫌がられるかもしれないが、どうにも違和感が拭《ぬぐ》えない。直感が探れと告げている。

デイルが頭を掻きながら立ち上がった。

「まあ、ウィルがそう言うなら調べてくるけど。本人に……って、もし侍女が監視役だというなら、お姫さんからは聞けないか」

「そういうことだ」

王国が、アイシャが何を隠しているのか。

もしかしたら、アイシャが自信なさげに俯く理由が分かるかもしれない。それがどんな内容であれ、ウィルフレッドは責めるつもりはないし、出来るならば、彼女の苦しみを取り除きたいと思った。

そうしたら、アイシャは笑顔を見せてくれるだろうか。

薬草について話していた時の、青い瞳の輝きは美しかった。あの輝きをまた見たい。もっと、ウィルフレッドを見てほしい。

……次に会った時、謝らなければ。

最初に『期待しない』『愛さない』などと言ってアイシャを傷付けてしまったのだ。きちんと気持ちを伝えなければアイシャの気持ちがこちらを向くことはないだろう。

デイルに調査を任せている間に、ウィルフレッドはアイシャと会う時間を増やすことにした。

手紙を出して予定を取りつけ、アイシャの部屋に行く。

「皇帝陛下にご挨拶申し上げます」

「ああ、そういう堅い挨拶はしなくていい」

また薬草園に行こうと手紙に書いておいたからか、動きやすそうな装飾の少ないドレス姿だったが、それでもアイシャを美しいと思った。あえて言うなら、綺麗な銀髪がボンネットで隠れてしまっているのが少し残念だ。それにボンネットをつけると俯きがちなアイシャは顔が見えない。

……それについては今度侍女に言っておくか。

今日の侍女は帝国の者だった。

「では、薬草園に行くとしよう」

「……はい、陛下」

以前と同じく、部屋を出て、出来るだけゆっくりと歩く。

いつもの速さで歩くとアイシャには速すぎるようなので、後ろをついてくるアイシャの足音と気配に気を付けながら薬草園へと向かう。

手紙の返事と共に送られてきた本をウィルフレッドは読んだ。

……記憶力には自信がある。

少なくとも、前回アイシャが教えてくれた、肉料理に合う薬草については名前も特徴も覚えた。見分けられるかはまだ微妙ではあるけれど、それでも、忘れるよりはいいだろう。

城の外へ出て、敷地を歩き、薬草園に着く。

「っと……」

薬草園の門のそばの石が少し浮き上がっていた。

「アイシャ、足元に気を付けろ」

つい手を差し出したが、戸惑うアイシャを見て、こういうことは好まないのではと遅ればせながら気付く。

しかし、引こうとした手に、アイシャの手袋をつけた手がそっと重ねられた。強く握ったら折れてしまいそうなほど細い手を緩く握ると、控えめに握り返される。

アイシャが浮き上がった石の上を越える。

「ありがとうございます、陛下」

「っ、ああ……後で直すよう伝えておこう」

するりとアイシャの手が離れていく。

そうして、アイシャが薬草園の中を見回した。

「好きに見て回るといい。前回の薬草は覚えたが、俺は他の薬草を知らないから、君の後についていこう」

「……前回の薬草を覚えていらっしゃるのですか？」

「肉料理に少量使ったら美味かった」

そう答えると、アイシャが俯く。

顔は見えなかったが、聞こえた声は柔らかかった。

「経験と共に覚えるのは、いいことですね」

その表情を見たかったが、覗き込むのは控えた。

アイシャが歩き出し、薬草を眺める。

その手が手袋を外し、薬草を摘む。

「これは見覚えがないな」

アイシャの手元を覗き込むと、頷き返された。

「こちらはティニムリッパーといいます。爽やかな香りがする薬草で、王国ではデザートなどに飾りや香りづけに少しだけ添えることもあります」

それから、アイシャが見覚えのある薬草を摘んだ。

「それはラムソルだな？」

「はい……ティニムリッパーとラムソルを乾燥させたものを小さな袋に入れて持ち歩くと、虫よけに効果があるのです」

「虫よけか。それは大事だな」

夏場に虫に刺されると痒《かゆ》くなるから嫌だ。人間に比べれば竜人のほうが虫に刺されてもマシらしいのだが、それでも痒いものは痒いし、集中力が切れるので仕事に差し障る。

「もうすぐ夏になるので、陛下の分もお作りしま――……」

顔を上げたアイシャと至近距離で目が合った。

薬草に夢中になり、思いの外、近づいてしまっていたようだ。

アイシャがパッと俯き、ウィルフレッドも慌てて体を起こし、距離を取る。

「……よければ、俺の分も虫よけを作ってくれるか？」

「……はい、かしこまりました……」

顔が見えなくても、アイシャが照れていることが分かる。

……多分、俺も今は顔が赤いだろう。

何となく互いに顔を合わせづらい。

「その、薬草だが、よく眠れるようにしてくれるものなどはないか？　最近、仕事が遅くまで続いて少し寝つきが悪くてな」

小さく咳払いをし、話題を変えると、アイシャも立ち上がった。

その表情はもういつもの無表情に近いものに戻っていた。

アイシャがキョロキョロと辺りを見回す。

「それでしたら――……あ、ありました」

歩き出したアイシャについていく。アイシャが縦に紫色のもこもことしたものがついた植物を手に取った。随分と香りが強くて不思議な形の植物である。

「こちらのラドネーヴァーを乾燥させて、小袋に詰めたものを枕元に置いておくと寝つきがよくなります。王国で、わたしもよく作って使っておりました。……虫よけと一緒にお作りしましょうか？」

「ああ、是非頼む。……アイシャ」

名前を呼べば、アイシャが振り返る。

「……最初に会った時、君に酷い言葉をかけたことを、ずっと謝罪したかった。すまなかった。俺は君を傷付けた」

頭を下げ、謝罪する。

それは竜人族にとっては非常に重要なことだった。

誇り高いドラゴンの血を受け継ぐ竜人族は、自分よりも力の弱い者には決して頭を下げることがない。頭を下げるということは、相手のほうが上だという証である。

だが、ひとつだけ例外もあった。

相手が『番』ならば、竜人は喜んで頭を下げる。

普通であれば屈辱的なことも『番』が望むのであれば、何の抵抗もなく行える。それを聞いた時は冗談かと思っていたけれど、今、ウィルフレッドは身をもって実感していた。

他の誰かに頭を下げるなど死んでも嫌だが、アイシャに対しては素直に頭を下げられるし、望むなら何度でもしよう。

……罵倒されたとしても仕方がない。

我ながら、自分勝手で厚かましいと思う。一方的に言っておきながら、後から許してもらおうなんて、あまりにも都合のいいことを言っているという自覚はあった。

「へ、陛下、おやめください……！」

アイシャの慌てたような声がする。

「しかし、俺はあの時、最低の発言をした」

「そのようなことは……」

「誤魔化《ごまか》さなくていい。正直に言ってくれ」

罵倒されても、怒鳴られても、気持ちをぶつけてもらえるならいいほうだ。何も言わずに距離を置かれると、もうどうしようもなくなってしまう。

「……顔を上げてください」

アイシャの言葉に従い、そろりと顔を上げる。

視線が合った青い瞳は微かに潤んでいるように見えた。

「…………確かに、陛下のお言葉はつらかったです。でも、いいのです。こうして謝罪をいただけただけで、十分です」

一瞬、突き放されているのかと思ったが、アイシャがほのかに微笑んだことから、そうではないと理解出来た。本当に、とても淡い笑みだったが、それでも、笑ってくれたことに驚いた。

一拍遅れて喜びがあふれてくる。

こんな状況ではあったが、アイシャの笑みを見られた。

「俺は、君に嫌われていないだろうか……？」

そっと訊ねれば小さく頷き返される。

それだけで、今は十分だった。

第二章：触れ合う気持ち

皇帝陛下の謝罪以降、わたし達の関係は少し変わった。

週に二、三回ほど会うようになり、まだお互いにぎこちないながらも以前よりは会話も出来ている。大体は薬草園に行くか、わたしの部屋でお茶をするかだが、皇帝陛下はわたしのために竜人について教えてくれた。

竜人族は基本的に誇り高い種族である。自分より弱い者には頭を下げないし、従わない。

実力主義で、皇族という概念もなく、竜人の中で最も強い者が皇帝の座を継ぐらしい。

だから、前皇帝と現皇帝との間に血の繋がりはないのだとか。

……わたしに頭を下げたのは、とても特別なことだったのだ。

きっと、あれは心からの謝罪だったのだろう。

そう気付いてからは皇帝陛下に対する疑念が薄らいだ。

期待はしない、愛さないと言いながらも歩み寄ってくることに違和感がこれまであったが、皇帝陛下は考え直したらしい。

「改めて、君ときちんと向き合いたい」

ふたりで過ごす時間は穏やかで、心が安らぐ。

帝国の侍女達が『皇后様に慣れていただくため』と言って、シャロンよりも長くわたしのそばにいるようになったのも、気持ちが落ち着く理由だろう。

あの監視する視線がないだけでも心が軽い。

だが、シャロンは苛立っているようで、たまにそばにつくと一日中、ピリピリした雰囲気を滲《にじ》ませていた。そのせいか他の侍女やメイド達とは不仲みたいだ。

今日も皇帝陛下がわたしの部屋にお茶を飲みに来る。シャロンはおらず、帝国の侍女がテキパキと動いてお茶の準備を調えた。皆、仕事がとても速い。

「最近、出歩くようになったそうだな？」

「……はい、薬草園によくまいります」

「外に出るのはいいことだ。あまり部屋にこもっていると、キノコが生えてしまうからな」

「まあ……」

そして、よく話すようになってから知ったが、皇帝陛下は意外にも話しやすい人である。

冗談も言うし、表情も豊かで、滅多に怒ることがない。

最初に会った時の、冷たく威圧的なあの姿は『皇帝』としての姿であり、普段の皇帝陛下は気さくで穏やかだった。

「そうだ、よければ庭園を散策しないか？　薬草もいいが、普通の花を眺めるのも悪くない」

庭園という言葉にはあまりいい思い出がないが、ここは王国ではないし、異母妹弟もいない。

「……準備をいたしますので、少しお待ちいただけますか？」

「ああ、もちろん。日差しが強いから、日傘を忘れずに」

「はい」

寝室に戻り、外出の支度を調えて部屋に戻る。

皇帝陛下がわたしを見て笑った。

「よし、きちんと手袋もしているな」

……陛下は意外と世話焼きみたい。

ソファーから立ち上がった皇帝陛下が扉に向かい、わたしもその後を追って部屋を出る。

ふと、振り返った皇帝陛下が手を差し出してきた。

思わずその手と皇帝陛下の顔とを見比べると、少し照れた様子で視線を逸らされる。

「人間の貴族は、男が女性をエスコートするのだと聞いた」

確かにそういうものだけれど、わたしは誰かにエスコートをしてもらった経験はない。

恐る恐る皇帝陛下の手にわたしの手を乗せると、そっと引かれる。何だか落ち着かないが、嫌な気分ではなかった。

廊下を進み、城の外へ出て、庭園を歩く。

緑豊かな庭園には季節の花が咲いていた。

「……綺麗ですね」

……花の名前は分からないけれど。

「ああ、花の名前は知らないが、綺麗ならそれで十分だ」

皇帝陛下の言葉が少しおかしかった。

わたしも今、同じことを思っていた。

花の名前を知らなくても、綺麗だと感じることが出来ればそれでいい。花言葉なんて難しいことを考える必要はない。綺麗なものを綺麗だと愛でるのは、こんなにも楽しいのだ。

「……なあ、アイシャ」

皇帝陛下に名前を呼ばれて顔を上げる。

真剣な表情の皇帝陛下に見下ろされた。

「最初にあんなことを言ってしまったが……その、君を愛しても、いいだろうか？」

その言葉にわたしは息が詰まった。

「まだ共に過ごした時間は短いが、君を好ましく思う」

何故と驚くよりも先に、罪悪感が胸を締め付ける。

……わたしなんかを愛そうとしてくれるなんて……。

だが、わたしは皇帝陛下を騙している。

とてもじゃないが、皇帝陛下につり合う人間ではない。

真剣な眼差しから視線を背けてしまった。

「……愛するつもりはないと、おっしゃったではありませんか……」

だから、わたしも安心していた。

たとえ騙しても皇帝陛下はわたしに心を傾けない。

でも、もし皇帝陛下がわたしを愛したら？

そして魔力のない無価値な存在だったと知られたら？

……それが、何より怖い……。

裏切り者だと罵られ、皇帝を騙したと罪に問われ、きっとわたしは憎まれるだろう。

騙しているくせに、皇帝陛下に嫌われたくないと思った。

「それは……っ」

皇帝陛下は言葉が見つからなかったらしい。

「……陛下、わたしに心を傾けないでください」

「どういう意味だ？」

皇帝陛下の問いにわたしは首を振ることしか出来なかった。

「……わたしを選べば、後悔することとなるでしょう……」

だからどうか、これ以上踏み込まないで。

＊　＊　＊　＊　＊

アイシャとの距離が縮まるどころか、離れてしまったように思う。

政務に勤《いそ》しみながらも、ウィルフレッドの口からは溜め息が漏れる。

溜め息ばかり吐いている自覚があった。

「自分に心を傾けるな、か……」

恐らく、あれがアイシャなりの警告だったのだろう。

何を隠しているかは知らないが、きっと、それはウィルフレッドや帝国にとってはあまりいいことではなくて、だからこそ罪悪感があるのだろう。

……あんな顔をさせたかったわけではない。

苦悩に満ちた、泣いてしまいたいのを我慢しているような、そんな表情でアイシャは『自分を選べば後悔する』と言った。

竜人が『番』を選んで後悔などしない。すぐにでも『番』について説明することも出来たが、距離を置こうとするアイシャの心に無理やり踏み込むことは出来なかった。

……アイシャを傷付けることが一番恐ろしい。

部屋の扉が叩かれる。許可を出せば、アイシャ付きの侍女のひとりが入ってきた。

「報告書をお持ちいたしました」

「ああ、ご苦労」

書類を受け取り、軽く手を振れば、一礼して侍女は下がる。

すぐに書類に目を通す。アイシャの様子が書かれていた。

……やはり、王国の侍女を酷く気にしているらしい。

アイシャは使用人達からの評判がいいようだ。

驕《おご》らず、わがままを言わず、いつも物静かで穏やかで、使用人達につらく当たることもなく、丁寧に接する。帝国の侍女やメイド達と、アイシャは上手くやれていた。

「問題は王国の侍女か」

おかしいと感じてから、侍女達に注視するよう伝えておいたが、書かれている内容を読んで、思わず書類を握り潰してしまった。

王国からアイシャと共に来た侍女、シャロン・オロークは侍女にあるまじき人物だった。

監視の結果、シャロン・オロークは仕事をしていないことが分かった。他の使用人達をつける前はまだ少なからず仕事をしていたのかもしれないが、侍女とメイドが増えたからか、自身のやるべき仕事をメイド達に押し付けているようだ。

そして、メイド達にやらせた仕事をあたかも自分がやったかのように、結果だけを奪っていく。

次の問題はその手癖の悪さだった。

アイシャに贈った宝飾品が足りないという話は以前聞いていたが、侍女達が調べた結果、シャロン・オロークが密かに宝飾品を盗んで売り払っていたことが明らかになった。ピアスや指輪など、小さなものばかりを狙って隠して持ち出し、それを王城に来る商人にこっそりと売って私財を貯めているらしい。

ネックレスやブローチも足りないとのことなので、恐らく、こちらもシャロン・オロークの仕業だろう。

それだけでは飽き足らず、今度はアイシャのドレスにも手を出し始めた。

ドレスの付け袖のフリルやレースを外し、それをアイシャの名前で王国に送っているとのことだった。

……だからどのドレスも地味だったのか。

何着か贈ったドレスのデザインはウィルフレッドも知っていたが、いつも地味なので、てっきりアイシャは華やかな装いを好まないのかと思っていたが、実はシャロン・オロークがドレスからフリルやレースを取っていたわけだ。

他の侍女が指摘すると『王女殿下の指示です』『王女殿下は地味なものを好むので』とシャロン・オロークは言ったそうだ。

そして、一番の問題はアイシャへの対応。

シャロン・オロークはアイシャに対し、侍女とは思えない横柄な態度を取り、つらく当たっている。人目がない時だけそうらしい。アイシャとふたりだけにしたところ、彼女を『出来損ない』『役立たず』と呼び、最近、皇帝と親しくなりすぎていると怒鳴っていたという。

……アイシャの行動に制限をかけているのは、あの侍女だ。

どうするべきかと考えていると部屋の扉が叩かれる。

入室を許可すれば、見慣れた赤髪が視界に入った。

「よお、戻ったぜ」

「ご苦労、デイル」

デイルが扉を閉め、近づいてきて、執務机に腰掛ける。

「それで、どうだった？　何か掴めたか？」

ウィルフレッドの問いにデイルがガリガリと頭を掻く。

「掴めたっつーか、まあ、色々分かったんだけどよ……」

言葉を濁すデイルは珍しい。

小さく息を吐いたデイルが口を開く。

「これから調べた情報を話すけど、とりあえず、王国にもう一度攻め込まないと約束してくれ。話を聞いたらお前は『王国を滅ぼす』とか言いかねない」

「……分かった、攻め込まないと約束しよう」

「滅ぼすのもナシだからな」

そうして、デイルが調べてきた情報は驚くべきものだった。

「お姫さんには魔力がないらしい」

王族の人間ならばあるはずの魔力を持たない。アイシャは王妃の子ではなく、国王が一夜を共にした男爵令嬢との間に出来た子であった。

王国の王族の証である金髪も、魔力もないアイシャは、『出来損ないの第一王女』として扱われた。使用人もほぼつけられず、最低限の教育は受けたものの、誰からも望まれない。

幼い頃から王妃の子達に虐げられて、使用人にすら馬鹿にされてきた。

……だから、いつも俯いていたのか。

自信がなさそうだったのは魔力がないから。生まれた時から虐げられていたから。

母親はアイシャを産んだ際に亡くなったらしい。

たったひとり、アイシャを育てた乳母は王国に残っている。

「お姫さんは一番価値がないから、人質として差し出されたそうだ。もし殺されたとしても構わないってことだ」

「……耳が痛いな」

帝国は皇帝の子を産ませるために人質を望み、王国は不要な王女を手放した。どちらも最低な話である。

しかし、すぐに死なれてはまた人質を出さねばならなくなるため、王国は侍女を監視につけたのだろう。

「使用人の噂によると、お姫さんの乳母は軟禁されてるらしいぜ。もしかしたら、お姫さんが自殺したり何か失敗したりしたら、乳母を罰すると脅されてるのかもな」

乳母を人質に取られて従うしかなかったのだとしたら、彼女があまりにも不憫《ふびん》だった。

「……アイシャに『自分に心を傾けるな』『自分を選べば後悔する』と言われた」

「お姫さんなりに罪悪感があるんだろうな」

人間の王族では魔力も重視される。魔力があるとは言われていないが、王族ならばあって当たり前なので、わざと黙っていたのであれば、帝国を騙したことになる。

……どれほど苦しんできただろう。

王国では虐げられ、帝国ではウィルフレッドから無視され、今度はウィルフレッドが興味を持ったことでアイシャは罪悪感に苛まれているのだろう。

侍女の顔色を窺っていたのは監視役だから。侍女の気分次第で報告内容が変わり、乳母が罰せられるかもしれない。だから逆らうことも出来ない。

「だが、納得はした」

「納得？　何に？」

「俺に触れても何ともなかった理由だ。魔力がないから、多少魔力が流れるくらいならば、体調を崩さなかったのかもしれない」

「あ～、なるほどなあ」

話しながらも、怒りが沸々と込み上げてくる。

デイルが『王国に攻め込むな』と言った理由が分かった。

ウィールライト王国の王族を滅ぼしたい気分だった。

そして、アイシャを迎え入れた日の自分を殴りたいとウィルフレッドは思った。傷だらけの彼女を更に傷付けたのだ。あの細い体も、もしかしたら王国では食事も満足に摂れなかったからではないかと勘繰ってしまう。

……せめて、帝国に来てよかったと思ってほしい。

「まずは王国の侍女を処分する」

皇后の所有物を盗み、売り払ったことは罪である。正当な理由があれば王国はどうしようもないはずだし、口出しをさせるつもりもない。監視役など不要だ。

「それから、侍女がいなくなったことを理由に、アイシャの乳母を寄越すよう王国に要求する。そうすればアイシャが王国に従う必要もなくなる」

「そうだな、オレもそれがいいと思うぜ」

アイシャを苦しめるものは全て排除する。

＊　＊　＊　＊　＊

皇帝陛下と最後に顔を合わせてから一週間。

前回のこともあって、顔を合わせづらいと思っていたが、そんなことなどどうでもよくなるような事件が起こった。シャロンが捕縛されたのだ。

帝国の侍女からそう言われた時、とても驚いた。

「どうして……一体何があったのですか？」

「シャロン・オロークは皇后様の所有しておられる宝飾品を、立場を利用して盗み、売り払い、それで得た金を懐に入れていました」

侍女の言葉に、わたしは驚かなかった。

皇帝陛下に買ってもらったはずの宝飾品だが、シャロンはいつも、わたしにそれらを着けさせたがらなかった。

……それに、わたしは何もあげられないから……。

王国にいた時、妹……第二王女の侍女だったシャロンは、色々なものを下げ渡されていたと聞いたが、わたしには侍女達に与えられるものが何もない。

それを不満に思われていたとしても仕方がなかった。

「詳細は陛下が説明にいらっしゃるとのことでございます」

そうして翌日、皇帝陛下はわたしの部屋を訪れた。

「君の侍女、シャロン・オロークは投獄した」

皇帝陛下は侍女の罪状について説明してくれた。

わたしに贈られた宝飾品を盗み、売り払って私財にしたことも、王国に勝手に送っていたことも、わたしは知らなかった。しかも宝飾品のいくつかは王国に送られているらしい。

侍女の部屋を調べ、手紙を確認したところ、送った宝飾品は全て第二王女の手元に渡ってしまったそうだ。

「それに、あの侍女は仕事もしていなかった。侍女として君のそばにはいたが、やるべき仕事を全てメイド達に押し付けていた」

「……彼女はどうなるのでしょうか……？」

「帝国の法で裁かれるが、皇后の宝飾品を盗んだとなれば極刑は免れない。最も軽い刑でも……いや、君に聞かせられるような内容ではない。とにかく、無事では済まないな」

シャロンが処罰されてしまったら、マーシアはどうなるのだろうか。

また別の侍女が王国から派遣されたとしても、帝国はそれを受け入れはしないだろう。

……マーシアにもしものことがあったら……。

唯一の家族と言える乳母の今後を考えると体が震えた。

「っ……陛下、シャロンを見逃してはいただけませんか？　……彼女がいなくなったら、わたしは……」

……わたしはどうなっても構わない。

けれども、マーシアまで死なせたくはない。

「それは出来ない」

皇帝陛下のハッキリとした言葉に両手を握る。

……どうしよう、どうしたらいいの……？

視界が涙で滲む。泣いたからといっても、どうにもならないのに。

そっと、拳に大きな手が触れた。

いつの間にか皇帝陛下がわたしのそばに片膝をつき、その手をわたしの手に重ねていた。

「アイシャ、もういい」

皇帝陛下が言う。

「俺は君の秘密を知っている」

全身から血の気が引いていった。

……わたしのひみつをしっている……？

「すまない、君について調べさせてもらった。王国でどのような扱いを受けてきたか、どうして帝国に差し出されたのか。あの侍女の役割も分かっている」

震えるわたしの手を皇帝陛下が握った。わたしの手が冷たいのか、それとも、皇帝陛下の体温が高いのか。手袋越しでもほのかな温もりを感じる。

「……へいか、わたしは……っ！」

「落ち着け。俺は怒っていないし、君を責めるつもりもない。……君の扱いや状況を思えば、王国に従うしかなかっただろう」

皇帝陛下の金の瞳は優しかった。

「だが、もう王国に従わなくていい」

声を出そうとして、喉が震える。声が出ない。

「君の乳母のことも何とかする。だから、もういいんだ」

優しく諭すような声に、ポロリと涙がこぼれ落ちた。

胸の中で色々な感情があふれて、言葉が出てこない。

羽根が落ちるようにそっとわたしの頭に皇帝陛下の手が触れた。

「乳母のこと、魔力のこと、出自のこと、何もかもが不安だっただろう？　罪悪感で苦しかっただろう？　もっと早くに気付けなくて、すまなかった」

少しぎこちない手つきで頭が撫でられる。

低く、穏やかな優しい声に涙があふれてくる。

……陛下はわたしを許してくれるの……？

こんな、何も出来ない、何の取り柄もないわたしを。

最初から騙し続けていた最低最悪なわたしを。

「君は何も悪くない」

涙が止まらず、両手で顔を覆う。

どんなに止めようとしても涙は止まらなかった。

わたしが泣いている間、陛下は黙ってそばにいてくれた。

これまでの記憶が浮かんでは消える。苦しくて、つらくて、悲しくて、寂しくて。

思い出すだけで胸が苦しくなる。

「アイシャ、つらい時は泣いていい。ここでは苦しい時は苦しいと言っていいんだ。誰もそれを責めはしない」

皇帝陛下の声を聞く度に苦しみが少しずつ薄れていく。

今までのつらかった記憶が消えるわけではないが、ぎこちない手つきで優しく頭を撫でられる度に、心に溜まっていた黒いものが和らいでいく気がした。

「……ごめんなさい……わたし、騙して……っ」

「……謝らなくていい。俺も、君に話さなくてはいけないことが沢山ある。だから謝るな、アイシャ」

名前を呼ばれて更に感情があふれてくる。

自分でも、こんなに沢山の感情があるとは思わなかった。

そして、皇帝陛下はわたしが落ち着くまで待ってくれた。

……この方はわたしが思っていたより、ずっと優しい。

皇帝陛下がハンカチをわたしの頬に当てる。

「しまった、もっと早くに渡せばよかったな……」

多分、こすりすぎて赤くなってしまったわたしの目元を見たのだろう。

泣きすぎて目の周りが少しヒリヒリする。

「……いいえ、ありがとうございます……」

渡されたハンカチをギュッと握る。

わたしが使うには少し大きなそれは触り心地がいい。

「今回の件で侍女がいなくなったという理由をつけて、こちらに君の乳母を招くつもりだ。さすがの王国も、帝国の要請は無視出来ないだろうからな」

「っ、よろしいのですか……？」

「君さえよければだが」

そんなの、返事は決まっている。

「どうか、どうかよろしくお願いいたします……っ」

マーシアを助けられるなら。マーシアにまた会えるなら。

「ああ、必ずや乳母に会わせよう」

目が合うと、皇帝陛下が笑う。

「アイシャ、君のことを教えてくれ。そして、俺の話も聞いてほしい。互いにもっと話をしよう。今、俺達に必要なのは互いを知ることだ」

皇帝陛下の言葉にわたしは頷いた。

それから、今まで王国でどのように過ごしたかを話した。

わたし自身のことは全て、包み隠さず皇帝陛下に伝えた。

妾の子であることも、生まれつき魔力がないことも、王国では価値のない王女であったことも、だからこそ人質として帝国に差し出されたことも、侍女は監視役だったことも。

皇帝陛下は最後まで静かに話を聞いてくれた。騙していたわたしを責めるどころか、王国に対して怒ってくれて、そして、最後には微笑んだ。

「アイシャ、君はもう王国に戻る必要はない。たとえ王国が君を返せと要求してきたとしても、君は俺と婚姻していて、皇帝の妻だ。王国の王族よりも立場は上なんだ」

その言葉に、不思議な感覚を抱いた。

わたしにとってウィールライト王国の王族は絶対に服従しなければならない人々だった。逆らえば、大切な人がつらい目に遭うと思っていた。

けれども、皇帝陛下の言葉は正しい。帝国は戦勝国で、王国は敗戦国。皇帝の妻は、王国の王家よりも立場は上で、あちらの要求に従う必要はない。

「アイシャ、君が俯く理由はない」

隣に座った陛下に手を取られ、優しく握られる。

励ますようなその仕草にドキドキと胸が高鳴る。

「……陛下、陛下のお話も、聞きたいです」

誤魔化すように視線を逸らしてしまった。

でも、皇帝陛下は怒ることなく、頷いた。

「以前、皇帝は竜人の中で最も力のある者が就くと言ったが、覚えているか？」

「はい……陛下が一番、強いのですよね？」

「そうだ。だが、強すぎると弊害もある。俺はあまりに魔力量が多すぎて、触れた相手に魔力が流れてしまうため、肌が直接触れるような接触は出来ないんだ。少しなら体調を崩す程度で済むが、最悪、相手が魔力を受け止めきれずに死ぬ可能性がある」

その説明に驚いた。触れている陛下の手には手袋がはめられている。

……そういえば、陛下は常に手袋をつけていたわ。

思い返してみても、初めて部屋を訪れた夜も、薬草を摘んで手が汚れても、手袋を外そうとはしなかった。一度だけ手袋をしていない姿を見たが、それは皇帝陛下が体調を崩して寝込んでいた時で……。

「この間、体調を崩されていたのはもしかして……？」

「ああ、魔力過多で具合が悪くなった。竜人族の子供は成長期に体より先に魔力の器が大きくなって、そのせいで魔力過多になり、体調を崩すことがある。だが、大人になってからは普通、魔力過多にはならないはずなんだが……」

しかし、皇帝陛下の場合は魔力を生成する能力が魔力の器の容量を上回り、時折、器に貯めきれなかった魔力があふれてしまう。それによって体調を崩すのだ。

常に魔力が多く体にあるため、少しでも他者と直に触れ合うと、そこから相手に魔力が流れていってしまう。

「同じ竜人ですら、俺の魔力には耐えられない」

そして、帝国は王国に人質を差し出すように告げた。同じ竜人族との間に子を生せば、より強い子が生まれるだろうが、産むまで母体が耐えられない。

だから、あえて人間との間に子を生そうと考えた。そうすれば、皇帝と同等かそれ以下の力の子が生まれるだろうが、十分、強い子を得られると思ったのだ。

「ウィールライト国王にはそれを伝えていた」

「……だからわたしが選ばれたのですね……」

人質として死んでもいい。もしわたしが皇帝陛下の子を宿し、産めば、王国は皇帝の子に関わる権利を持てる。わたしが死んだとしても王国に損失はない。

「俺も、君を傷付けようと……いや、殺そうとした者のひとりだ。謝るのは俺のほうだ。だが許さなくていい。憎んでもいい。君の気が済むまで、好きなだけ俺を利用してくれ」

皇帝陛下は本気でそう思っているようだった。

「どうして、そこまでわたしのことを考えてくださるのですか……？」

まだ、出会ってさほど時間も経っていないのに。

思えば、二度目の出会いから、皇帝陛下はずっとわたしに優しかった。最初の印象が強かったが、いつもわたしのことを気にかけてくれていた。

皇帝陛下が少し困ったような顔をした。

「アイシャは『番』という言葉を知っているか？」

「……動物の雄と雌が夫婦になる『番』で合っていますか？」

「ああ、合っている。だが、竜人族の『番』は特別なんだ」

竜人族は『番』を得ると強くなる。

心身共に安定し、本来持っている力を扱えるようになる。

人間が恋をし、愛し合うのとは違うらしい。

「『番』は生まれた瞬間から決まっている。神が決めた運命の伴侶だ。心から愛し、望み、愛されたいと思う相手だ。竜人は『番』以外には基本的に興味を持たない。しかし、必ずしも全員が『番』を見つけられるわけではない」

「……どうしてですか？」

「いつ出会えるか。どこで相手が生まれるか。どんな容姿でどの種族かも分からないんだ。世界にたったひとりしかいない者を探すのは難しい」

だから『番』を見つけられない竜人も少なくない。

……強い種族だからと幸せというわけではないのね……。

どんなに強くても、心から望む人が、愛する人がいないというのはとても寂しいことだと思った。

皇帝陛下の目が、ジッとわたしを見る。

「……俺の『番』は君だ、アイシャ」

囁くような小さな声なのに、ハッキリと聞こえた。

「謁見の間で会った時は離れていて、ベールもしていたからか気付けなかった。だが、二度目に会った時に分かった。……俺の唯一は君だと」

皇帝陛下がわたしの手を取り、手袋越しに額を押し当てる。

「君を殺そうとした俺が言えることではないと分かっているが……どうか、君を愛することを許してもらえないか？」

美しい金色の瞳に請われて、戸惑った。

愛したいと言われても、わたしは皇帝陛下を愛せるのだろうか。

「……皇帝陛下に、同じだけ愛を返せるか分かりません。わたしは誰かを好きになったことがないので……」

「構わない。君を好きだという気持ちを認めてほしいだけだ。同様に愛を返せなんて厚かましいことは言わない」

そこまで言われたら、断る理由はなかった。

「君を愛させてくれないか？」

皇帝陛下の言葉に、わたしは頷いた。

その瞬間、皇帝陛下が笑みを浮かべた。

まるで少年のような、明るく、嬉しそうな笑顔だった。

「ありがとう、アイシャ」

その笑顔があまりに眩しくて、目を逸らす。

「いえ……あの、お話を戻すようで恐縮ですが……陛下が以前体調を崩された時、実は陛下のお手に触れたことがありましたが、わたしは何故か体調を崩しませんでした」

そう、確かにあの日、わたしは皇帝陛下の手に直に触れた。

一時間近く触れていたけれど、その後、体調を崩すこともなく、わたしは普通に過ごしていた。

その話をすると皇帝陛下は「やはりそうか」と言った。

「夢現《ゆめうつつ》に、君の声が聞こえた。冷たい、心地好い手が触れたのも覚えている」

「……勝手に触れてしまい、申し訳ございません」

「いいや、謝ることはない」

皇帝陛下が考えるように視線を宙へ巡らせる。

「だが、一度調べたほうがいいだろう。もしかしたら君の魔力の器が実は大きくて、流れた魔力を受け止められた可能性もある」

「ですが、王国の宮廷魔法士がわたしには魔力はないと言っていました」

「魔力の生成能力と魔力の器は違うんだ。生成能力がなくても、魔力の器を持つ者もいる。自分の体質を知っておいて損はない」

「そうなのですね……」

……確かに調べてもらってもいいのかもしれない。

皇帝陛下には魔力がないことを既に知られているのだから、改めて調べて魔力がなかったとしても失望されることはないだろう。

「……一度、調べていただきたいです」

「ああ。今は調べられる者が出払っているが、呼び戻せばそう時間をかけずに戻ってくるだろう」

皇帝陛下が頷き、そして立ち上がる。

大きな手に、また頭を撫でられた。

「アイシャ、君のことを教えてくれてありがとう。これからも、会いに来ていいか？」

「……はい」

「次は君の好きなものを聞かせてほしい」

頭から皇帝陛下の手が離れていく。

「今日はゆっくり休むといい。後のことは俺に任せろ。君も、君の乳母も、決して悪いようにはしない」

その言葉を信じたいと、信じてみようと思った。

＊　＊　＊　＊　＊

話をした翌日から、ウィルフレッドは毎日アイシャに会いに行くことにした。

当然、きちんと了解を取っている。

大体は午後のティータイムに顔を見に行くのだが、一週間ほど通っているうちに、アイシャの好みが分かってきた。甘いものや見た目がいいものが好きらしい。

彼女付きの侍女達もそれに気付いているようで、ティータイムに用意される菓子や軽食はいつも華やかな見た目のもので揃えられている。

竜人は食べられればいいという大雑把な者が多いが、アイシャが喜ぶなら、人間の料理人をもっと雇おう。

それから、植物が近くにあると落ち着くらしい。王国ではよく薬草に触れていたとのことで、薬草園にもかなり通っているようだ。虫よけと安眠用の匂い袋をもらってから一月経ったが、あれのおかげか今夏はあまり虫に刺されていない気がするし、夜もよく眠れている。

最近はアイシャの部屋に行くと花のいい香りがして、心が和む。

「あの、もし陛下がお嫌でなければ、薬草茶をお出ししてもよろしいでしょうか……？」

花を眺めていたら、アイシャがそう問いかけてきた。

「薬草茶？」

「はい、薬草を紅茶のようにして飲むのです。……王国にいた頃はあまり紅茶の葉が手に入らなかったので、よく自分で薬草茶を作って飲んでおりました」

「アイシャが淹れてくれるなら、喜んで飲もう」

そう答えるとアイシャはすぐに薬草茶を用意してくれた。

どうやら準備はしてあったらしい。

ウィルフレッドの返事次第で出すかどうか迷っていたのだろう。

……『番』に茶を淹れてもらえるなんて……。

薬草茶が死ぬほど不味《まず》かったとしても飲み切る自信はある。

だが、アイシャが持ってきた薬草茶は黄色っぽいが、それほど酷く薬草らしい匂いはしなかった。確かに植物特有の香りはするが、むしろ、ほどよいその緑の香りがスッキリとして心地好い。竜人族の嗅覚からしても嫌な臭いではない。

薬草茶を出したアイシャがジッと見つめてくる。

「匂いは大丈夫でしょうか？」

「ああ、いい匂いだ。少なくとも、俺にとっては嫌な臭いではない」

ティーカップを持ち、一口、口に含む。

柔らかな植物特有の匂いに、少しの苦味と香ばしさ。飲み込むと青臭さが僅かに後味として残る。しかし、想像していた薬草茶よりずっと美味い。

薬のように酷く不味いだろうと考えてしまったのが申し訳ないほどだった。

「美味いな」

素直な感想を伝えると、アイシャが微笑んだ。

薬草茶が褒められて嬉しかったらしい。

もう一口、二口と飲んでみたが、やはり美味かった。

「お口に合ってよかったです。薬草同士を、本に書かれていた効能と飲みやすさをわたしなりに考えて混ぜておりまして――……」

薬草について話し始めたアイシャの目が輝く。

薬草茶について話を聞き、味わってから、アイシャの部屋を後にした。

薬草茶のおかげか気分もスッキリしている。

それ以降、アイシャは毎回薬草茶を用意してくれるようになった。

「ウィル、お前、なんか肌艶よくないか？」

書類を読んでいると、政務室に入ってきたデイルにそう言われた。

ウィルフレッドは顔を上げ、自身の顔に触れる。

「そういえば、最近は体調もいいな」

「『番』の効果ってわけじゃないよな？　この間までは目の下にちょっと隈《くま》もあったし……って、この匂いは？」

デイルが何かに気付いた様子で部屋の匂いを嗅ぐ。

一瞬、何のことか分からなかったが、すぐに理解した。

「ああ、薬草茶の匂いだ」

「薬草茶？」

「アイシャが作った薬草の茶だ。紅茶のように飲むんだが、これが意外と美味くて、飲むと頭も気分もスッキリする」

ウィルフレッドが気に入ったと伝えると、わざわざアイシャはウィルフレッドのために茶葉を用意してくれた。最近はこの薬草茶を日に数回飲んでいる。

「へえ、薬草茶か。体によさそうだな」

「アイシャが言うには、この薬草茶は体の中に溜まったよくないものを出しやすくし、血を綺麗にしてくれるらしい。毎日飲むことで、ゆっくりと効果が出るそうだ」

実際、毎日飲むようになってから体調がいいし、頭も冴えている。

「それで、何か用か？」

デイルに問えば、薬草茶の入ったティーカップを眺めていたデイルが顔を戻す。

「ああ、ディアナが帰ってきたぞ」

「思いの外、早かったな？」

「お姫さんの体質の調査もそうだけど、そろそろ、お前の検査もする頃だから、それに合わせて戻ってきたんだろ」

「そういえば、そうだったな……」

ここ数日は体調がよかったのですっかり忘れていた。

「後でアイシャのところへ行く。……そうだな、二時間後にここへ来るよう伝えておいてくれ」

「了解」

デイルが部屋を出ていくのを見送り、ウィルフレッドも書類に目を落とす。

……アイシャのところへ行くまでに仕事を片付けないと。

そうすれば、ゆっくりアイシャと話すことが出来る。

＊＊＊＊＊

いつものティータイムの時間に皇帝陛下は来た。

けれども、今日はひとりではなく、青い髪に淡い黄緑の瞳をした美しい女性が一緒だった。

女性は中年くらいで、穏やかそうな人である。

「こちらはディアナといって、俺の主治医であり、竜人族では珍しい魔法士でもある」

「初めまして、皇后様。ディアナ・アークシスと申します。どうぞ、ディアナとお呼びください」

魔法士の女性……ディアナ様にわたしも挨拶をする。

「こちらこそ初めまして、アイシャと申します。……その、竜人族では魔法士というのは珍しいのでしょうか……？」

人間は誰もが魔力を持っているわけではないので魔法士が珍しいのは分かるが、魔法を扱える竜人族ならばさほど珍しくはないような気がする。

わたしの疑問にディアナ様が微笑んだ。

「竜人は大抵魔法が扱えるので、わざわざ魔法士になりたがる者は少ないのです。専門的に学ばなくても使えるからこそ、研究したいとあまり思わないのかもしれません。私は魔法が好きだったので学んでいるうちに魔法士と呼ばれるようになっておりました」

少し照れた様子のディアナ様に皇帝陛下も笑う。

「竜人族の魔法士というのは名誉ある職だ。魔法を扱える竜人族の中でも更に秀でている証だな。しかも医者でもある」

「ディアナ様は凄い方なのですね」

……しかし、そんな凄い方が何故わたしのところに？

そんなわたしの心を読んだように皇帝陛下が言った。

「先日話をした、アイシャの体質について調べられる者がディアナだ。俺の魔力過多の研究もしている。魔力の器を調べるなら早いほうが、俺としても助かるからな」

「皇帝陛下が、ですか……？」

……何故、わたしのことを調べると陛下が助かるのだろう？

首を傾げたわたしに、皇帝陛下の顔が少し赤くなる。

「……魔力の器の大きさが分かれば、どれくらいの時間なら俺が触れても大丈夫か目安がつくだろう。君の許しが得られれば、だが……」

それは、つまり、皇帝陛下がわたしに触れたいと思ってくれているというわけで。

ややあってわたしも顔が熱くなる。

触れたい、なんて言われると気恥ずかしい。

思わず俯くと、ディアナ様が小さく咳払いをした。

「調べさせていただいてもよろしいでしょうか?」

「あ、はい……!」

顔を上げ、こういう時はどうすればいいのかと慌てていたら、ディアナ様がわたしのそばに膝をついた。

「お手に触れますね」

ディアナ様の両手が、わたしの両手に触れる。それだけでいいらしく、ディアナ様が何かを呟くと、柔らかな光に包まれた。光はほのかに温かい。

真剣な眼差しでディアナ様はわたしの手を見つめている。

「これは……」

ディアナ様が少し驚いた顔をした。

やがて光が収まると、そっと手を離した。

「皇后様、ありがとうございました」

「それで、どうだった?」

皇帝陛下の問いにディアナ様が苦笑する。

「まず、皇后様は魔力の器がとても大きいようです。ウィルフレッド様に比べればやや小さいですが、竜人族でもこれほど器の大きい者はそういないでしょう」

「俺が触れても問題はないか?」

「それについてですが、皇后様は少々特殊な体質をお持ちです」

ディアナ様の言葉にビクリと体が震える。

……それは……。

「魔力がない、ということでしょうか……？」

「いえ……はい、確かに皇后様は魔力を生成する力をお持ちではありません。しかし、本来、魔力生成能力と器の間に大きな差があると、貧血に似た症状が起こるはずなのです」

ディアナ様いわく、一般的には人間も竜人も、魔力生成能力と魔力の器はつり合いが取れた状態で生まれてくる。

しかし、稀に魔力生成と魔力の器がつり合わない者もいる。

皇帝陛下もそのひとりで、陛下の場合は魔力の器に対して魔力生成能力がかなり上回っており、そのせいで体内の魔力濃度が濃くなることで体調を崩してしまうらしい。

魔法を使うことで体内の魔力量を減らすことも可能だが、皇帝陛下の魔力生成能力は使用する量より多いため、魔法を使用したところでほとんど量が減らないのだとか。

「皇后様の場合はその逆です」

わたしは魔力生成能力はないけれど、器が大きい。器に魔力が足りない状態を魔力欠乏症といい、普通なら、貧血のような症状を起こして体調を崩してしまう。

「皇后様のお体は周囲から魔力を吸収するのですが、受け入れた魔力は貯まることなく体外にまた戻るのです」

わたしの体は周囲に漂う魔力を吸収するが、器に貯める能力がないため、また周囲に放出する。言わば『川』のような状態らしい。上から流れてきた水を通し、下へ流していく。

「王国で魔力がないと判断された時、魔力測定用の水晶に触れて調べましたか？」

言われて、わたしは頷いた。

「はい、確かに魔力測定用の水晶に触れました」

「あれは器に貯まっている魔力量を測定するものなので、常に魔力が流れ続けている皇后様の魔力量を測ることは出来なかったのだと思います」

「では、わたしは魔法が使えるようになりますか？」

ディアナ様が残念そうな顔で首を振った。

「いいえ、常に魔力が流れてしまっているため、必要な魔力を貯めて使用するという動き……つまり魔法を使うことは出来ないかと」

魔法は体内にある魔力を必要量、使用することで発動する。

しかし、わたしの場合は吸収する魔力と排出される魔力の流れが速すぎて、恐らく、自分で必要量を取り分けることが出来ない。だから魔法が使えない。

……魔法が使えないなら、魔力がないのと同じ……。

「ただ、利点もございます。魔力を受け流す体質ならば、魔力過多の陛下と触れ合っても流れ込む魔力の影響を受けずに済みますので、体調を崩すこともないでしょう」

それを聞いて皇帝陛下がちょっと嬉しそうな顔をした。

「逆に、たとえば魔力欠乏症になっている相手に皇后様が触れることで、皇后様の体を介して相手に魔力を流すことも可能かもしれません。水が高きから低きに流れるように」

「……それはまずいな」

ディアナ様の説明を聞いた皇帝陛下が眉根を寄せる。

……何が問題なのだろうか？

「アイシャは魔力を吸収して、流すんだろう？　魔力を使い切った魔法士と魔力を持った者がいて、間にアイシャを挟めば、魔力を持つ者から魔力を搾り取れてしまう。つまり、相手の許可を得ずに魔力を奪うことが出来る。……魔力持ちが魔力を失うと、体調を崩し、最悪死んでしまうこともあるんだ」

「はい、ですから、このことは内密にしておいたほうがよろしいでしょう。公には皇后様は魔力の器が大きいとだけ言い、体質については黙っておくべきです。皇后様の体質を悪用しようと考える者が出てこないとも限りません」

皇帝陛下とディアナ様の会話を、どこか別の世界のことのように感じてしまう。

目が合ったディアナ様が微笑んだ。

「とにかく、皇后様と陛下が触れ合っても問題ないということは確かです。むしろ、皇后様が陛下にお触れになることで、陛下の魔力過多も解消されるかもしれません」

そこで、皇帝陛下が「そうか！」と声をあげた。

以前、皇帝陛下が体調を崩して寝込んだ時、わたしがお見舞いに行き、手に触れた。

その後、陛下の体調は思っていたよりも早く回復した。

「以前アイシャが俺に触れてくれたことで、余分な魔力が体からなくなっていたのか。そのおかげで、普段よりも回復が早かったんだろう」

わたしが考えていたのと同じことを陛下も考えていたようだ。

皇帝陛下が手袋を外し、わたしに手を差し出してくる。

わたしは、そっと、その手に自分の手を重ねた。

……何も感じないけれど……。

温かな手は大きく、優しくわたしの手を握る。

「……確かに、魔力がアイシャに流れていく」

「そうなのですか？　わたしには分からないのですが……」

皇帝陛下がホッとした様子で小さく息を吐いた。ややあって、手が離される。

ディアナ様が皇帝陛下に手を翳《かざ》し、小さく呟くと、先ほどわたしを包んだ光が今度は陛下を包み込んだ。

「……陛下の魔力量は正常値まで下がっています」

「ああ……今までで一番、体が軽い」

自分の掌を見つめている皇帝陛下の横顔は真剣だった。

ふと、皇帝陛下が顔を上げる。

「そうだ、アイシャ、ディアナに薬草茶を出してやってくれないか？　俺にくれるものと同じのがいい」

そう言われて少し驚いたものの、お茶の用意は出来ていたので、すぐに薬草茶を三人分淹れて出す。ディアナ様が不思議そうな様子でティーカップを見た。

「薬草茶、ですか……」

「アイシャが作ってくれて、ここ最近は毎日飲んでいるが、これを飲むと体がスッキリして調子がいいんだ」

皇帝陛下がティーカップに口をつけ、一口飲み、頷いた。

美味しそうに飲んでくれるとわたしとしても嬉しかった。

ディアナ様も薬草茶を口に含み、味わっている。

「王国から持ってきた薬草辞典によると、薬として飲むよりも穏やかに効能が現れるそうです。今、お茶にしている薬草は体の不要なものを外に出してくれるとか」

皇帝陛下が薬草茶を飲み切ってティーカップをテーブルに置く。

「……もしかして、薬草茶は魔力過多に効くんじゃないか？」

ディアナ様はハッとした表情でティーカップを見た。

皇帝陛下も空になったカップを見つめている。

「竜人は薬が嫌いだから、薬草についての知識が少ない。だが、実は忌避してきた薬草こそ、俺達の助けになるかもしれない。そもそも魔力回復薬があるのだから、その反対の効能の薬だって薬草で作れるのではないか？」

「……そうですね、その可能性は十分にあるでしょう」

皇帝陛下とディアナ様が同時にわたしに顔を向けたので、思わず肩が跳ねた。

「アイシャ」

「は、はい……っ」

「よければ、薬草について俺達に教えてくれないか？」

皇帝陛下の言葉に目を瞬かせる。

……それは構わないけれど……。

とりあえず頷き返すと、ディアナ様に手を取られた。

「皇后様、薬草について是非、ご教授ください。……魔力過多症に効く薬があれば、竜人族の子供達が苦しまずに済みます……！」

竜人族の子供は体の成長が早く、そのため、成長期に一時的にだが魔力生成能力が器を上回ってしまうことがある。それによって体調を崩し、中には耐えられずに死んでしまう子供もいるそうだ。だが、魔力過多症に効く薬があれば救えるかもしれない。

「わたしも……わたしも、薬草についてもっと調べてみます。この知識で助けられる人がいるなら、わたしでも役に立てるなら、助けたいです」

王国では役立たずの王女と呼ばれていた。

でも、もしかしたら、ここでは違うかもしれない。

薬草ばかり弄っていて王国では笑われたけれど、わたしが続けてきたことは無駄ではなかったかもしれない。わたしでも誰かの助けになれるのではないだろうか。

「ああ、君が必要だ」

わたしは自分の居場所を、ようやく見つけた気がした。


わたしの体質が判明してから、色々なことが変わった。

まず、皇帝陛下がわたしの部屋では手袋をしなくなった。

「君に触れてもいいだろうか？」

少し恥ずかしいが、嫌ではない。

それから、皇帝陛下はよくわたしの手に触れてくるようになった。

最初は魔力過多の対策かとも思ったけれど、わたしと手を繋いでいる時の陛下があまりに嬉しそうで、単なる対策ではないのだと気が付いた。

優しい眼差しから、そっと触れる手から、皇帝陛下がわたしを大事にしようと思ってくれているることが感じられる。お茶を飲む時、庭園や薬草園を散歩する時、皇帝陛下はわたしと手を繋ぐことを望んだ。

触れられるのが嬉しくて仕方がないというふうだった。

皇帝陛下の体質を思えば、それも当然なのだろう。触れた相手を苦しませると思うと、誰にも触れられず、ずっと孤独を感じていたはずだ。

……わたしにはマーシアがいたけど。

皇帝陛下には頭を撫でてくれる相手すらいなかったのかもしれない。

強いが故の孤独なんて寂しすぎる。

嬉しそうな皇帝陛下の笑顔を見ると心が温かくなった。

そういえば王国から来ていた侍女、シャロン・オロークは、皇后の宝飾品の横領と皇后への暴行の罪で犯罪奴隷に落とされたそうだ。

横領について問いただしている間に、わたしに暴力を振るったことも自白したらしい。

本当ならば極刑なのだが、わたしに関わった人が死ぬというのが恐ろしくて皇帝陛下に減刑をお願いしたのだ。陛下は何とも言えない顔をしたものの、当事者のわたしがそう望むならと頷いてくれた。

だが、犯罪奴隷なので、帝国の北部にある鉱山で労役を科されるとのことだった。

そして、王国にもシャロンの行いを告げ、わたしの乳母を次の侍女として帝国に派遣するよう王国に要求したという。

「王国はこちらの要求を拒めない」

……マーシアに会えるかもしれない！

「ありがとうございます、陛下……！」

それもあって、よりいっそうわたしは決意した。

竜人族のためにも薬草の研究を進めなければ。

あの日以降、ディアナ様は毎日のようにわたしの部屋を訪れ、ふたりで薬草の研究を行っている。今はディアナ様にわたしの薬草の知識を伝え、辞典を見ながら色々な薬草の調査をしているけれど、薬草が竜人族の役に立つ可能性は日増しに高まっている。

ディアナ様は特に薬草茶に注目しているようだ。

「薬より効果は穏やかですが、お茶でしたら匂いや味も拒否感が少なく、きっと子供でも飲みやすいでしょう」

皇帝陛下には継続して薬草茶を飲んでもらっている。

本当はわたしに触れない状態で薬草茶を飲み続けるほうが正確な効果が分かるのだけれど、皇帝陛下がそれを嫌がった。

「触れられると分かっているのに、君に触れないでいるのはつらい」

そういうわけで、薬草茶の効果を確かめるためにデイル様とディアナ様も、皇帝陛下と同じお茶を飲んでくれることになった。

今後は薬草園の整備にも力を入れて、もっと広げることも検討するらしい。

「アイシャ、今日は庭園を散歩しよう」

「はい、陛下」

差し出された手に、わたしも手を重ねる。

皇帝陛下の手は温かかった。

第三章：俯かない決意

侍女シャロン・オロークが捕縛されてから一月。

今日は待ちに待った、特別な日だった。

「アイシャ、少し落ち着け」

あまりにソワソワしていたのか、皇帝陛下が小さく笑う。

「申し訳ありません……でも、嬉しくて、つい」

王国から新しい侍女が到着する日――……今日、マーシアに会える。

到着予定の時間が近づくにつれて、いても立ってもいられず、わたしは城の正面ホールに来ていた。皇帝陛下もそばにいて、馬車の到着を待っている。

「俺も早く君の家族に会って挨拶をしたい」

マーシアを家族と言ってくれる皇帝陛下の気遣いが嬉しかった。

時間になると予定通りに王国から来た馬車が到着する。

王国の国章が描かれた馬車の扉が開かれる。

ドキドキしながら待っていると、馬車の中から見慣れた柔らかな茶髪が現れた。

「マーシア……！」

思わず抱き着いたわたしにマーシアが微笑んだ。

「アイシャ様、お元気そうでようございました」

「マーシアこそ、大丈夫でしたか？　離れ離れになってから、ずっと心配で……」

「ご心配ありがとうございます。私はこの通り元気でしたよ！」

そうは言うものの、マーシアは以前より少し痩せた気がする。

もしかしたらつらい思いをしていたのかもしれない。

それでも、またこうして再会出来た。

王国を出る時、もう二度と会えないかもと覚悟していたのに……。

マーシアの体を抱き締めると、抱き締め返してくれる。

泣きそうになるのを堪《こら》え、笑みを浮かべた。

「マーシア、また会えて嬉しいです」

「私もです、アイシャ様」

微笑み合っていると馬車の中で影が動く。

「まあ、感動の再会が出来てよかったですわね」

聞こえた声に体が硬直する。

……そんな、どうして……？

馬車の中から降りてきた人物は笑顔だった。

「お元気そうで何よりですわ」

輝くような豊かな金髪に、美しい緑の瞳。

誰もが目で追ってしまいたくなるような、愛らしい顔。

「ねえ、お姉様？」

そこにはわたしの異母妹である王国の第二王女、アンジェリカ・リエラ・ウィールライトが立っていた。妹は美しい所作で皇帝陛下に礼を執る。

「お初にお目にかかります、ウィールライト王国第二王女、アンジェリカ・リエラ・ウィールライトが帝国の気高き皇帝陛下にご挨拶申し上げます」

気品のある丁寧な礼に、澄んだ可愛らしい声。

ニコリと微笑めば、大抵の男性は妹を好きになる。

……アンジェリカ……。

妹が皇帝陛下に笑いかける姿が恐ろしくてたまらない。

しかし、陛下は冷たい眼差しで妹を見た後、笑みを浮かべてわたしを抱き寄せた。

「アイシャ、よければ君の家族に俺を紹介してくれないか？」

皇帝陛下は明らかに妹の挨拶を無視した。

そのことに妹が驚き、可愛らしい顔が羞恥で赤く染まる。

わたしがどうすべきか迷っている間に、マーシアが礼を執る。

「皇帝陛下にご挨拶申し上げます。マーシア・ブライトンと申します。王国ではアイシャ様の乳母をしておりました。どうぞマーシアとお呼びください」

「マーシア、よく来てくれた。アイシャから話は聞いている。彼女が生まれた時から、親代わりとなって彼女を守り、育ててくれた素晴らしい人だと」

「勿体ないお言葉でございます」

妹は今まで無視されたことなどなかったのだろう。

羞恥と怒りで体を震わせていた。

「っ、酷いわお姉様！　わたくしはお姉様が心配で会いに来たのに、無視するなんて……！」

悲しげに涙を流す妹に、別の馬車から降りた侍女が駆け寄ると、慰めるように背中に触れる。

「昔からお姉様はわたくしのことを嫌っていましたが、わたくしはお姉様が大好きなのに……」

その言葉にゾワリと体が震えた。

皇帝陛下がわたしを抱く手に力がこもる。

「招いてもいないのに来るとは、王国の王族とは図々しいな」

「申し訳ありません……ですが、お姉様の侍女が罪を犯したとも知らず受け取ってしまったものをお返ししたかったのです。まさか、お姉様のものを勝手に送っていたなんて、わたくしは知らなかったのです……！」

皇帝陛下は無表情に妹を睥睨した。

「返却は不要だ。他人が既に身につけたものをアイシャに贈るつもりはない。特にウィールライト王家の者達が触れたものなど、もはや何の価値もない」

行こう、と皇帝陛下に促されて城へ戻る。

振り返れば、妹がわたしを悔しそうな顔で睨んでいた。

……あんな表情、初めて見たわ……。

皇帝陛下はわたしとマーシアを部屋まで送り届けると、「政務があるから、また後ほど来る」と言って、わたし達がふたりでゆっくり話せるようにしてくれた。

荷物を置いて、マーシアが微笑む。

「皇帝陛下が優しそうな方で安心いたしました」

そっとマーシアがわたしの手を取る。

「アイシャ様、私のせいでご迷惑をおかけしてしまい、申し訳ございません」

「っ、迷惑じゃない……！」

マーシアに抱き着く。この温もりは幻ではない。

「あなたはわたしにとって、もうひとりのお母様です……！」

「……ありがとうございます。私も、アイシャ様をずっと娘のように思っておりました」

ふたりでもう一度抱き締め合う。それ以上の言葉はいらなかった。

＊　＊　＊　＊　＊

「全く、何なんだあの王女は」

ウィルフレッドは思わず愚痴をこぼした。

すると、王国へ使者として出向いていた竜人が身を竦《すく》ませる。

「も、申し訳ありません……！　何度もお断りしたのですが、押し切られて……」

「どうせ『姉の身が心配で』とか何とか言って泣き落とされたのだろう？　見た目だけなら庇《ひ》護欲《ごよく》を誘うような姫だったからな。だが、アレはアイシャを虐げていた者のひとりだ」

どれほど愛らしい外見をしていても、純粋そうに振る舞っても、中身は腐っている。

こちらの苛立ちを感じて身を縮こませる竜人を見て、ウィルフレッドは溜め息を呑み込んだ。

「……来てしまった以上は仕方がないが、出来る限り早く帰るよう、対応も必要最低限に留《とど》めておけ」

「か、かしこまりました……！」

ウィルフレッドの怒りから逃げるように、竜人は返事をすると政務室を出ていった。

デイルと約束をしたので王国に攻め込みはしないものの、ウィールライト王国の王族には怒りしかない。もしアイシャが望むのであれば、王族を全員血祭りに上げてもいいとさえ思った。

……だが、アイシャはそんなことは望まない。

酷い扱いをされてきた侍女にすら慈悲をかけるのだ。

半分とはいえ、血の繋がった妹を殺すという選択はしないだろう。

そんな優しいところも好きだ。

竜人が出ていくのと入れ替わるようにデイルが入ってくる。

「随分と苛立ってるな？」

「『番』を虐げた人間を出会った瞬間に殺さなかっただけでも、俺は褒められるべきだと思わないか？」

「あ〜、まあ、それはよく耐えているよな」

元々、竜人族は血の気が多い。それに加えて『番』という特別な存在に関しては、常識や理性を失うことも珍しくない。

ウィルフレッドはかなり理性的なほうであった。他国からは冷酷だの残忍だのと言われているが、ウィルフレッドは大抵、理由があってそのように振る舞っている。逆を言えば、理に適っていれば多少強引な手段でも迷わず選ぶ。

もしアイシャが優しい性格でなければ、今頃、ウィールライト王国の王族はウィルフレッドに滅ぼされていただろう。

「それで？　王国から来た第二王女はどうするんだ？」

「アイシャの前ではどうもしない。彼女は暴力やそういったことを好まないからな。当然、歓迎もしないが。……あの国の王族のことだ。アイシャがすぐに殺されず、皇后になったのを見て、第二王女と取り替えようとでも思ったんじゃないか？」

「さすがにそれはないだろ……って言いたいところだけど、あの国だからな……」

デイルが呆れた顔をする。

ウィルフレッドは今度こそ、溜め息を漏らした。

「心配なのはアイシャのほうだ。第二王女を見て怯えた様子だった。アイシャの部屋から最も遠い客室に通させたが、あの様子だと無理やりにでも会いに来るだろうな」

……アイシャの警備をもっと厳重にしなければ。

「しばらく、アイシャのところで過ごす時間を増やす」

ウィルフレッドが頻繁にアイシャの下へ来て、第二王女に冷たく接すれば、そのうち怒って帰るだろう。

「その間はオレが雑務を片付けといてやるよ」

「ああ、頼む」

アイシャのことだけが、とにかく心配だった。

＊　＊　＊　＊　＊

「アンジェリカ様がお呼びです」

妹の侍女が伝言があると言うので通してみたら、第一声がこれだった。

確かに、王国にいた頃はいつもこうだった。

気紛れにわたしを呼び出し、悪戯《いたずら》をしたり、笑い物にしたりして、飽きれば解放する。あの頃のわたしは妹の体《てい》のいい玩具でしかなかった。

けれど、ここは王国ではなく帝国である。

「……わたしは行きません」

妹の侍女がジロリと睨んでくるが、室内にいたわたしの侍女ふたりに睨み返されると途端に睨むのをやめた。

「ここは王国ではありません。好き勝手するのはやめるよう、妹に伝えてください」

「本当にそれでよろしいのですか？」

「はい。わたしはもう王国の王女ではなく、帝国の皇帝の妻です。あの子の言う通りにはいたしません」

侍女が不快そうな顔で出ていった。

きっと、妹は怒るだろう。妹の呼び出しを断ったのは初めてだったが、侍女達が「断って当然です」「よくおっしゃいました」と褒めてくれる。マーシアも笑顔で頷いている。

心臓がドキドキと早鐘を打つのを感じて深呼吸をする。

侍女が紅茶を淹れてくれ、それを飲んで心を落ち着ける。

しばらくして部屋の外が騒がしい気がしたかと思うと、ガチャリと予告なく扉が開けられた。

侍女達がパッと構えた。

そこにいたのは妹、アンジェリカだった。

呼んでも来ないからといって、押しかけてくるなんて。

「酷いわ、お姉様。わたくしのお願いを断るなんて」

「……聞いたとは思いますが、ここは王国ではありません。帝国です。あなたのわがままが常に通る場所ではないのですよ」

「まあ、王族の言葉が通らない場所なんてありませんわ」

わたしの言葉を気にも留めず、勝手に室内へ入るとソファーに座った。

侍女が視線で問うてきたので首を振る。

「それで、何かご用でしょうか？」

紅茶も何も出さない。こちらが招いたお客様ではないのだから。

そのことに気付いたのか、アンジェリカが不愉快そうに眉根を寄せた。

嫌なら帰ればいい。

「お姉様、王国に帰りなさい。そうして、皇后の座をわたくしに譲って。わたくしこそが皇后の座に相応《ふさわ》しいと、お姉様も思うでしょう？」

何を言い出すかと思えば、そんなことを言う。

「……それは出来ません」

「あら、まさかお姉様、ご自分が皇后の座に相応しいと思っているの？　お姉様の出自を知ったら、きっと皇帝陛下はお姉様を嫌悪するわ」

「残念だけど、陛下はもう何もかもご存じよ」

ピシリとアンジェリカが硬直した。

「……何ですって？」

訊き返してくるアンジェリカに、もう一度告げる。

「わたしが妾の子であることも、魔力がないことも、王国では無価値な王女として扱われてきたことも、陛下は既に調べ上げていています。あなた達が今までわたしにしてきたことも」

「皇帝陛下にわたくし達の悪口を吹き込んだの？　お姉様って最低ね。そんな人だとは思わなかったわ」

まるで小さな子供のような言い方だった。

でも、不思議と王国にいた頃と違い、アンジェリカのことを怖いとは思わなかった。再会した時は驚いたけれど、それだけだ。どれほどアンジェリカがわがままを言っても、ここではそれは通らないとわたしは知っている。

「わたしは本当のことを申し上げただけです」

皇帝陛下はそんなわたしを許してくれた。

そして、アンジェリカから守ろうとしてくれた。

だから、わたしも変わろうと思った。

いつまでも怯えて震えているだけでは、何も変わらない。

「何より、誰を妻にするかは皇帝陛下がお決めになることです」

わたしの言葉にアンジェリカがふっと鼻で笑った。

「それもそうね。お姉様に頼むより、皇帝陛下に直接お伝えしたほうがよさそうだわ」

アンジェリカは自信満々な様子でそう言い残し、部屋を出ていった。彼女がいなくなった途端、はあ、と溜め息が漏れる。

帝国の侍女達も何とも言えない表情を浮かべていた。

「アイシャ様、大丈夫ですか？」

と言って、マーシアがわたしの手を握ってくれた。

それでようやく、手が震えていることに気が付いた。

「はい、大丈夫です」

他人からすれば小さなことだけれど、アンジェリカに言い返せたことは、わたしにとっては大きな一歩だった。

その後アンジェリカは、皇帝陛下とわたしが過ごしているところに何度も現れた。

部屋でお茶をしていれば押しかけてきて、庭園や薬草園を散歩していれば偶然を装って合流し、わたしを皇帝陛下から引き剥がして自分が近づこうとする。

しかし、皇帝陛下は人と触れ合うのを嫌っているので、アンジェリカは触れようとする度に手を払い退けられていた。

「触るな」

と皇帝陛下が冷たく言っても、アンジェリカは諦めなかった。

「まあ、陛下は女性に慣れていらっしゃらないのですね」

払い退けられても、無視されても、アンジェリカは皇帝陛下に付き纏《まと》った。そのせいか陛下はアンジェリカの顔を見るだけで心底嫌そうな顔をするようになり、わたしにはそれがとても新鮮だった。

王国では誰もがアンジェリカを褒め讃えた。アンジェリカは多少わがままなところはあるが、それすらも愛らしいと言われ、いつだって人々に傅かれていた。

だが、帝国では違った。誰もアンジェリカに傅かない。

メイドすら頭を下げない。

竜人族は誇り高く、自分より弱い者には従わないという話の通り、アンジェリカの侍女がどれほど高圧的な態度を取っても、竜人族のメイドは全く従わないらしい。

しかも皇帝陛下が『客人ではない』と明言していることもあり、アンジェリカの侍女達は色々と苦労しているようだ。食事は出されているものの、それはアンジェリカの基準では『粗末なもの』だそうで、侍女達は毎日文句を言われたり不機嫌なアンジェリカに叩かれたりしているという。

そして、城の中でのアンジェリカの言動は全て、皇帝陛下に筒抜けになっていることに気付いていない。

陛下の前ではか弱く愛らしい王女として振る舞っても、それ以外のところでは自分勝手でわがまま放題なので、陛下が騙されるはずもない。むしろそんなアンジェリカに付き纏われてうんざりしている様子であった。

……いつまで帝国にいるつもりなのかしら。

皇帝陛下といる時は温かな気持ちなのに、アンジェリカが現れると途端に胸にモヤモヤとしたものが込み上げてくる。

初めて感じるそれが何なのかは分からないけれど、アンジェリカが皇帝陛下に触ろうとしたり、可愛らしい声で甘えたりすると、そのモヤモヤは余計に酷くなった。

……この嫌な気持ちは何なのだろう。

「皇后様、大丈夫ですか？」

ディアナ様に声をかけられて我に返る。

「あ……はい、大丈夫です……」

いつの間にか手が止まっていたらしい。

慌てて、スプーンに入った乾燥した薬草をティーポットへ入れる。ディアナ様は薬草ひとつひとつの効能について調べているが、最近、わたしは皇帝陛下に渡している薬草茶を更に改良出来ないかと研究していた。

より味を飲みやすく出来ないか、効能を上げられないかと研究するのは楽しい。

……そのはずなのに。

「妹君のことが気にかかりますか？」

「……そんなにわたしは分かりやすいでしょうか」

ディアナ様が困ったように微笑んだ。

「せっかく来ていただいているのに、申し訳ありません」

「いいえ、皇后様のお立場を思えば、妹君を警戒するのは自然なことです。実際、妹君は皇帝陛下に取り入ろうと色々なさっておられますから」

「お恥ずかしい限りです……」

ディアナ様の耳にもアンジェリカの振る舞いが入っているということは、城で働く人々も既に知っているのだろう。

……もし、本当にアンジェリカがわたしの代わりに陛下の妻になってしまったら……。

「皇后様、お顔を上げてください」

ディアナ様の言葉に、いつの間にか俯いていたと気付く。

「皇后様は陛下の『番』でいらっしゃいます。『番』とは唯一の存在。決して陛下は皇后様を手放しはしないでしょう。皇后様は顔を上げて、堂々となさっていればよろしいのです。あなただけが陛下の唯一なのですから」

そう言われてわたしは微笑んだ。

けれども、嫌な予感がずっと消えなかった。

＊　＊　＊　＊　＊

「もう！　何であの皇帝はあんなに冷たいの⁉」

ガチャン、とティーカップが荒々しくソーサーにぶつけられる。

帝国に来てから一週間と少し経つが、何につけても思うようにいかず、アンジェリカは苛立っていた。

まず、通された部屋からして気に入らなかった。城の中の、明らかに皇帝の居住区から離れた不便な場所だったのもそうだが、部屋もさほど広くなく、調度品も必要最低限といった感じである。

……王国の王女であるわたくしに対してなんて態度なの？

役立たずの姉でも歓迎されているのならば、正統な血筋の王女であり、姉の妹である自分はもっと優遇されるべきだ。

すぐに殺されてしまうから、皇帝は冷酷な人だからと諭され、アンジェリカは一度皇后の座を諦めたが、あの不出来な姉が帝国でいい暮らしをして歓迎されているのを知った時は、面白くないと思った。

……わたくしこそが皇后に相応しいでしょう？

誰からも愛され、誰もが傅く存在が自分である。きっと皇帝も可愛らしいアンジェリカを見れば、姉よりも自分を選ぶはずだと思った。それが当たり前なのだと。

国王である父に何度もお願いをして、姉の乳母を送るのについてきたものの、思いもよらない扱いを受けて、怒りと驚き、羞恥心で毎日苛立っていた。

帝国の皇帝は地位もあり、容姿も端麗で、為政者としての能力もある。アンジェリカは一目で皇帝を気に入った。そういう男こそ自分に相応しいと思った。

それなのに、皇帝が優しい眼差しを向け、微笑みかけるのはあの不出来な姉だった。

どれほどアンジェリカが可愛らしく声をかけても、上目遣いで見ても無視され、触れようとすれば払い退けられる。

こんなことは生まれて初めてだった。アンジェリカの自尊心は傷付けられた。

だが、だからこそ皇帝を自分のものにしたくなった。

……お姉様に皇后の座は似合わないわ。

「それで、お姉様のことで何か分かったかしら？」

あの姉が皇帝に気に入られるなんて、きっと何か理由がある。

それを知るためにも、王国から連れてきた使用人達に姉の周りを探らせていた。

「そ、それが、第一王女は皇帝陛下の『番』だそうで……」

「つがい？　何よ、それ」

「何でも、竜人族は生まれた時から運命の相手が決まっており、その相手を伴侶、つまり『番』としてとても大事にするそうです」

「それって、お姉様がたまたまそうだったって話？　……なんだ、やっぱりお姉様自身に価値があったわけではないのね」

その『番』というのはアンジェリカには分からなかったが、姉が何か自分の存在に価値を示し、それを皇帝が認めているというわけではないことは理解出来た。

「ですが、第一王女は最近、薬草について調べているとのことです。使用人達の噂では、竜人の病に効く薬を作ろうとしているのだとか……もしそれが成功したら、第一王女の功績となるかと……」

それを聞いてアンジェリカは不愉快に感じた。

姉は昔から薬草をよく弄っていた。アンジェリカは薬草の臭いが嫌いだというのに、あの姉はいつもその臭いをほのかに漂わせていたので嫌でたまらなかった。

俯き、自信がなさそうで、実際に何の価値もない姉。

半分しか血の繋がりがない姉に、何故、父は王女の地位を与えているのか疑問であった。

父いわく『政略で使えるかもしれないから』とのことだったが、アンジェリカは母を悲しませる姉が大嫌いだった。

「……そうだわ、その薬草の調査結果を盗んで来なさい」

もし、姉が薬を作ってしまったら、帝国で価値を見出されてしまう。

何も出来ないはずの姉が特別な存在になる。

……わたくしを差し置いて皇后になるだけでも不愉快なのに。

帝国で人々から傅かれる存在になるなど、許せない。

皇帝の、姉への態度も許せなかった。

……わたくしこそがそうされるべきなのに。

「お姉様の知識は元々王国のもの。つまり、わたくしのものよ。それを取り返し、薬草についてわたくしが発表するの」

皇帝であっても、臣下や民の言葉は無視出来ないだろう。

アンジェリカが「竜人に効く薬がある」と言い、それが広がれば、他の竜人達も「皇后に相応しいのはアンジェリカだ」と言うはずだ。

そうなれば姉は皇后の座から降ろされる。もしかしたら、離縁されるかもしれない。

……その時はわたくしがお姉様を侍女にしてあげるわ。

お姉様がわたくしより上にいるなんて、ありえないのだから。

＊＊＊＊＊

ここ数日、アンジェリカの姿を見かけない。

それはいいことのはずなのに、どうしてか不安を感じる。

「アイシャ、大丈夫か？」

皇帝陛下の言葉に我に返る。

せっかく皇帝陛下と庭園を散歩していたのに、ぼんやりしていたらしい。

「は、はい……申し訳ありません、少し考えごとをしてしまっておりました」

「第二王女のことか」

わたしは本当に隠しごとが苦手なようだ。

ディアナ様だけでなく、皇帝陛下にも気付かれてしまうなんて。

陛下がわたしの手を優しく握った。

「心配するな。そろそろ追い出そうと思っていたところだ」

「ですが、そのようなことをすれば、妹はきっと国王陛下に泣きながら『追い出された』と言うでしょう……」

「構わない。王国が何を言おうと、帝国には何の損害もないさ。それより、君に元気がないことのほうが問題だ」

皇帝陛下は立ち上がり、テーブルを回って近づいてくると、柔らかく抱き締めてきた。長い腕とがっしりとした体の感触にドキドキと胸が高鳴る。

「やはり、今すぐにでも第二王女を帝国から叩き出すか」

皇帝陛下の冗談にわたしは笑ってしまった。

「陛下でもご冗談をおっしゃるのですね」

「冗談ではないのだが……」

ギュッと抱き寄せられる。

「俺は君が大事だ。王国との関係なんてどうでもいい。あの第二王女も、正直に言うと顔も見たくないくらい嫌いだ」

「そうなのですか……？」

「ああ、君といる時間を毎回邪魔されて不愉快だ」

陛下はきっぱりとそう言った。

体を離した陛下に見下ろされる。

「俺が愛したいと思っているのは君だけなのに」

大きな手がそっとわたしの頬に触れる。優しく頬を撫でられ、熱い視線が気恥ずかしくて目を閉じると、ふっと小さな笑い声がした。

「アイシャ、男の前でそれは悪手だぞ」

額に柔らかなものが触れる。

驚いて目を開ければ、間近に皇帝陛下の顔があった。

鼻先が触れてしまいそうなほど近くて、驚きのあまり呼吸が止まってしまったわたしの頬を、陛下がまた撫でる。近づいてくる陛下の顔を見て予想がついた。

……口付けられる……？

けれど、それを嫌だとは思わなかった。

「皇后様……‼」

しかし、その時わたしを呼ぶ声が遠くから響き、皇帝陛下の動きが止まる。

熱のこもっていた金色の瞳が不満そうに眇《すが》められ、顔が離れていく。それにホッとする反面、残念な気もしてしまう。

……そんな、残念なんて……！

顔が熱くなり、慌てて俯く。

……わたしは一体何を……。

だが、誰かが走ってくる音に顔を上げると、わたし付きのメイドのひとりが泣きそうな顔で近くまで来て、蹟《つまず》くように地面に座り込む。酷く息が乱れていた。

「皇后様、も、申し訳っ、ございません……‼」

慌てて立ち上がり、混乱しているメイドの肩に触れる。

皇帝陛下も近づいてきた。

「何があった？」

メイドが荒い息のまま叫ぶように言った。

「薬草に関する書類が盗まれてしまいました……‼」

ついに耐え切れなくなったのかメイドが涙をこぼす。

それと同時にまた別の足音が聞こえてくる。

「陛下、失礼いたします」

兵士のひとりが陛下に近寄り、何事か耳打ちする。

すると皇帝陛下が眉根を寄せた。

「……第二王女が謁見したいと言っているそうだ」

いつもは勝手に来て、勝手に交ざろうとしてくるのに珍しい。

謁見ということは、多くの臣下達がいるところで会って話がしたいということだ。

「それが、第二王女が『竜人のためになる話がある』と言っているそうで……」

皇帝陛下が小さく溜め息を吐く。

「まあいい。どちらにせよ、第二王女には王国へ帰還するよう告げる必要がある。……アイシャも一緒に来てくれ。今、君だけを部屋に戻すのは心配だ」

そうして陛下は、兵士にメイドの護衛を頼み、わたしの部屋の様子を見に行くよう告げた。

もしかしたら室内にまだ盗人がいるかもしれないし、いなかったとしても、場を保存させておくためだ。

「分かりました。……あなたは戻って休んでください。書類のことは後で話しましょう」

何度も謝るメイドの背中を撫で、後は兵士に任せる。

わたしは陛下と共に、謁見の間へ向かうこととなった。


謁見の間に到着すると、既に大勢が集まっていた。

この場所に足を踏み入れるのは二度目である。

一度目は帝国に来た初日、皇帝陛下に冷たく見下ろされた時だ。それ以降はしばらく陛下と顔を合わせることもなく、その後は陛下自らが足を運んでくれているため謁見の間に入る必要はなかった。

皇帝陛下と共に入ったからか、視線が痛い。

思わず俯きかけたわたしの手を陛下が握った。顔を上げれば陛下と目が合う。

大丈夫だと言うように微笑みかけられ、わたしは改めて謁見の間へ顔を向けた。

大勢の竜人だろう人々がいる。全員、陛下の臣下だ。

……俯いてはいけない。

何となくだが、そう感じた。竜人族は自分より弱い者には従わない。俯いて震えてばかりいては誰もわたしの話を聞いてくれないだろう。

改めて陛下を見ると、頷き返される。

そして、陛下はわたしと手を繋いだまま歩き出した。

全身に視線を感じながら、玉座へと近づいていく。

「椅子が足りない」

皇帝陛下が一言、そう呟いた。その瞬間、小さな騒《ざわ》めきが広がり、使用人が慌てた様子で椅子を運んできた。それは玉座の横へ置かれる。

陛下は眉根を寄せたまま数秒ほど椅子を見て、仕方がなさそうに頷いた。

「まあいい。椅子は後日作らせよう」

そして、その椅子にわたしを座らせた。

玉座の横に置かれた椅子に座ると、人々が見渡せる。

皇帝陛下が玉座に腰掛けた。謁見の間にいた誰もが腰を折って頭を下げる。

大半は竜人なので、彼らが頭を下げる陛下こそが最も強い竜人であるという証だった。

「面《おもて》を上げよ」

皇帝陛下の言葉に全員が顔を上げた。感じる視線がよりいっそう強まった。

息が詰まりそうな気がしたけれど、俯かずに済んだのは、陛下と手を繋いでいたおかげだろう。座りにくいはずなのに、陛下はずっとわたしの手を握ってくれていた。

「それで？　俺をわざわざ呼び出したんだ。よほど重大なことなのだろう？　なあ、ウィールライト王国第二王女よ」

謁見の間から玉座へ延びる赤い絨毯。その上の、玉座よりやや離れた位置に控えていたアンジェリカがふんわりと可愛らしい笑みを浮かべる。

「はい、皇帝陛下」

アンジェリカの視線は一度もわたしへ向かない。

まるでわたしなど存在していないような態度だった。

「初めてお会いする方々もおられますので、改めて自己紹介をさせていただけますでしょうか？」

「いいだろう」

皇帝陛下が明らかに興味なさそうに言った。

ピクリと表情が一瞬強張ったものの、笑顔でアンジェリカが礼を執る。軽やかで美しい、誰もが見惚れてしまいそうな所作だった。

「改めまして、ウィールライト王国第二王女、アンジェリカ・リエラ・ウィールライトと申します。そして、そこにいるアイシャ・リエラ・ウィールライトの妹でもございます」

ざわ、とまた小さな騒《ざわ》めきが起きる。

似てないな、という囁きがいくつか聞き取れた。

「ああ、そうだな。招いてもいないのに、わざわざ我が帝国まで来た変わった姫君だ」

「それにつきましては謝罪いたします。姉を心配するあまり、つい、暴走してしまいました……」

「とてもそうは見えなかったが」

皇帝陛下が鼻で笑った。明らかに陛下が気分を害しているのが見て取れるからか、人々は囁くのをやめ、状況を静かに見定める。アンジェリカはそれでも笑みを浮かべていた。

「実は、今回帝国にまいりましたのは姉の件だけではなく、皇帝陛下にお伝えしたいことがあったからです」

アンジェリカが周囲の人々を見回す。

「竜人の皆様は薬が苦手だと聞き及んでおります。しかし、体の頑丈な竜人族であっても病にかかることもございましょう。お薬も必要かと思います」

ドクドクと全身が心臓になったかのように脈打つ。

とても嫌な予感がした。

アンジェリカがこちらを見上げ、微笑んだ。

あまりに純粋な笑顔にゾクリと悪寒が走る。

その笑みには昔からいい思い出がなかった。

わたしをいじめている時、わたしに酷いことをしようと思いついた時、わたしが誰かからいじめられているのを眺めている時、アンジェリカはいつもその表情を浮かべていた。

「竜人族の皆様でも飲むことの出来るお薬について、調べた結果をお持ちいたしました」

アンジェリカの後ろから、アンジェリカの侍女が出てきて、その手に持つ書類を掲げた。

それをアンジェリカが受け取り、笑顔で言った。

「わたくしが長年調べた薬草についての書類ですわ」

ガツンと頭を殴られたような衝撃を受ける。

そこにあったのは、わたしとディアナ様が調べた薬草に関する書類だった。

しかも、薬草茶の配合について書かれたものもあるのが一目で分かってしまった。

……さっき、盗まれたって……。

目が合ったアンジェリカの嬉しそうな笑みに気付く。

……まさか、侍女に盗ませたの……？

先ほど泣いていたメイドの姿を思い出すと、怒りが込み上げてくる。

このままではわたしがこれまで調べたことも、ディアナ様が調べたことも、皇帝陛下のために薬草茶の配合を考えた時間も、全てアンジェリカに奪われてしまう。

それにあのメイドもきっと自分を責め続けてしまうだろう。

……そんなことはダメよ……！

気付けば、わたしは立ち上がっていた。

「それはわたしが調べたものです‼」

自分でも驚くほど大きな、非難のこもった声が出た。

しかし、アンジェリカは「まあ……！」と驚きと怒りを滲ませた表情でわたしを見る。

「確かにこれを帝国に持ち込んだのはお姉様ですわ。でも、王国を出る際にわたくしの下から盗んだものではありませんか」

「いいえ、わたしは盗みなんてしていません！　あなたこそ、侍女を使ってわたしの部屋から書類を盗んだのではありませんか！」

「聞き苦しい言い訳ですわね。わたくしはわたくしのものを取り返しただけですわ。悪いのはお姉様ですのに」

アンジェリカとわたしの言い合いに、謁見の間に騒《ざわ》めきが広がる。どちらが正しいのかと誰もが顔を見合わせた。

どちらともつかない雰囲気に気付いたのか、アンジェリカが続けて言う。

「第一、お姉様は皇后の座に相応しくありませんのよ。――……だって、お姉様は王族でありながら『魔力なし』なのですから‼」

その言葉に騒《ざわ》めきが一際大きくなる。

「お姉様は皇帝陛下や皆様を騙していたのです！　わたくしはお姉様が皆様を騙し続けていると知り、申し訳なくて、つらくて、悲しくて、これ以上お姉様に罪を重ねてほしくなかったので、こうして告白をするためにまいりました‼」

その言い方では、まるでわたしが自ら進んで帝国を騙していたように聞こえる。だが、完全には否定することは出来なかった。

確かに、わたしは自分に魔力がないと分かっていて、あえて黙っていた。そうすれば少なくともすぐには殺されないと思った。

全員からの責めるような視線に喉が詰まる。否定も肯定も出来ずに黙ったわたしに対し、アンジェリカが目に涙を溜めて言葉を続ける。

「本当に申し訳ありません……！　お姉様は王国では不出来な王女と言われていました。何も特別なところがなく、魔法も使えず、そのせいで卑屈になっていたのです！　わたくしは止めましたが、お姉様は聞き入れてくれず、それどころかわたくしが調べていた薬草に関する書類も勝手に持ち出しました！　帝国を騙したお姉様は、皇后の座に相応しくありません‼」

誰もがアンジェリカの言葉に耳を傾けている。

誰もがわたしに責めるような目を向ける。

……帝国では違うと思ったけれど……。

でも、わたしが帝国の人々を、皇帝陛下を騙そうとしたのは事実だ。更に否定して嘘を重ねることは出来なかった。もう、嘘は吐きたくなかったから。

「……確かに、わたしは魔法が使えません」

騒《ざわ》めきが大きくなる。

「それについて、皆様を騙していたということは否定しません。わたしは自分が帝国で生き残るために、魔法が使えないことを黙っておりました」

アンジェリカが嬉しそうな顔をする。

「全部認めるのね、お姉様」

「……いいえ、わたしが認めるのは『魔法が使えないことを黙っていた件について』です」

ここで諦めたら、黙って俯いていたら、皇帝陛下が毎日薬草茶を飲んで効果を検証してくれたことも、ディアナ様が薬草について真面目に調べてくれたことも、全てがなかったことにされてしまう。

……皇帝陛下はわたしを必要だと言ってくれた。

今まで、わたしにそう言ってくれた人はいなかった。

ディアナ様も『堂々としていればいい』と言ってくれた。

どれほど多くの人から非難されたとしても、たったひとりでもわたしを信じてくれるなら、わたしを必要としてくれるなら、その人のためにわたしは頑張りたい。

「ですが、薬草に関する書類はわたしのものです。決して妹から盗んだものではありません。わたしが何年もかけて覚え、調べ、考えたものです。それだけは神に誓って言えます」

王国ではアンジェリカに何もかも奪われた。

メイドも、侍女も、穏やかな時間も、誕生日の贈り物も。

いつだってアンジェリカはわたしから奪ってきた。

帝国に来るまではそれが当たり前だった。

でも、ここではそれは正しいことではない。

……わたしはもう、何も渡さない。

「皇帝陛下」

それまで黙って話を聞いていた陛下に声をかけると、優しい眼差しで見つめ返される。わたしのことを信じてくれている瞳だった。

「何だ、アイシャ？」

穏やかで、優しく、どこか甘い響きの声が返事をする。

背中を押してもらえたような気がした。

「今この場で、どちらが真実を述べているか試験を行っていただきたいと思います。あの書類に書かれた内容について、わたしと妹に質問をし、両者が答えることで、どちらが真実を述べているのか陛下や皆様に見極めていただくのです」

皇帝陛下が驚き、そして、嬉しそうに微笑んだ。

繋いだままの手に陛下がそっと口付ける。

「ああ、君の望みのままに」

そんな状況ではないはずなのにドキリとしてしまう。

そして、陛下は表情を引き締めると言った。

「このままでは埒《らち》があかない。俺が何を言おうと、アイシャを信用出来ない者も多いだろう」

皇帝陛下の言葉に何人かが頷いている。

「よって、この場にて薬草に関する試験を行う。両者に問題を出し、正しく回答出来るかどうかを調べるものとする」

アンジェリカの表情が僅かに強張った。

「っ、陛下、そこまでなさらなくてもよろしいではございませんか。もしお姉様が答えられなければ、更にお姉様が恥を晒《さら》すこととなってしまいますわ。王国としても、それは……」

「姉に魔力がないことを公言しておいて、もはや王国の恥も何もないだろう。それに、これは貴様の言葉が正しいことを証明出来るいい機会ではないか」

皇帝陛下の言葉にアンジェリカが一瞬、口を噤む。

それから、何かを思いついた様子で言った。

「それはそうですが、わたくしは今まで医者に薬草の研究を任せてきたので、まだ報告書を全て読んでおりません。それに比べてお姉様は帝国に書類を持ち込み、きっと隅々まで読んでいることでしょう」

「なるほど、アイシャのほうが書類に関する知識があると言いたいのだな？」

「はい、そうでございます！」

ふむ、と陛下が考えるような仕草をする。

だが、すぐに顔を上げると口角を僅かに上げた。

「それならば、その書類に関する内容ではなく、薬草に関する知識を問うこととしよう」

アンジェリカの表情が固まった。

恐らく、アンジェリカは試験自体をやめさせようとしたのだろうけれど、皇帝陛下はそれを分かっていて、まるで慈悲を与えるように告げる。

「たとえ自分で薬草を調べていなかったとしても、全く知識がないわけではないだろう？　薬草の知識がなければ薬など考えつかない。それに、今までの調査の報告書をある程度読んでいれば、それなりに薬草の知識は覚えているはずだ」

「それは、ですから、医者に任せていたので……」

「まさか、報告書を全く読んだことがないのか？　長年、調べさせていたなら報告書は何度も

NOT FOR SALE
ベリーズファンタジースイート1周年限定特典
『嫁いでから一度も触れてこなかった竜人皇帝が、急に溺愛してくる理由』
©早瀬黒絵・八美☆わん/スターツ出版

下記二次元コードにアクセスすると、ここだけで読める

【4~6月刊】BFスイート新作の
限定SSがご覧いただけます。

パスコード：2441

※SSは4月・5月・6月と各月5日頃の発売にあわせて更新予定です
※刊行スケジュールが急遽変更となる場合がございます

小説サイト
Berry's Cafe
キャンペーン情報についての
詳細はこちらよりアクセス！

Berry's fantasy Sweet 1st Anniversary

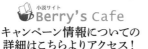

見ているだろう？」

アンジェリカが言葉に詰まる。

それもそうだろう。アンジェリカは薬草が嫌いで、知識なんてあるはずもない。

「とにかく、試験は行う。……ディアナ」

「はい、陛下」

人々の中からディアナ様が進み出てくる。

そして侍女の手から書類を取り、内容に目を通す。ディアナ様が皇帝陛下に頷き返した。

皇帝陛下が一瞬、冷たくアンジェリカを睥睨し、しかしすぐにわたしのほうを向く。

「大丈夫か？」

それは、薬草の知識を覚えているかという問いだろう。

「はい、問題ありません」

わたしが今まで調べてきたことは全て頭に入っている。

席を立ち、階段を下りて、アンジェリカのそばに行く。

アンジェリカに睨まれたけれど気付かないふりをして、陛下に向き直る。どんな質問でも答えられる自信はあった。

「では、薬草に関する知識についてご質問いたします」

アンジェリカの視線が初めて下を向く。

自分でも、この状況はまずいと分かっているのだろう。

大勢の前で答えられなければ嘘だと気付かれてしまう。

「肉料理によく使われるその薬草は、茎の先や分かれ目に細長い葉が生え、抽出すると黄色みのある液体となります。化粧水や髪洗いに使用することも出来る薬草です。王国では『若返りの薬草』とも呼ばれるその薬草の名前は何でしょうか？」

アンジェリカが視線を彷徨わせる。必死に何かを考えているようだ。

わたしが手を上げると、ディアナ様が「お答えください」と言う。

「ラムソルです」

皇帝陛下がディアナ様を見て、ディアナ様が答える。

「正解です、陛下」

騒《ざわ》めきがまた広がったが、アンジェリカが声をあげた。

「わたくしも今そう言おうとしておりましたわ！」

皇帝陛下がそんなアンジェリカを見下ろした。

「そうか。では、特別に第二王女に先に答える権利を与えよう。そうすればアイシャが先に答えてしまって、答えられなかったということもあるまい」

アンジェリカの顔色が更に悪くなった。

「次の質問を行います」

しかし、ディアナ様は気にした様子もなく質問を続けた。

「その薬草はギザギザの葉をしており、抽出すると濃い黄色を帯びた液体となります。清涼感のある香りが特徴的で、問一のラムソルと共に袋に入れて使うと虫よけになります。その薬草は胃腸を助ける働きがあり、口をすっきりさせたい時に噛むとよいとされています」

全員の視線がアンジェリカに向けられた。

アンジェリカの手がドレスのスカートをきつく握る。

数秒、十数秒と時間が過ぎるけれど、アンジェリカは黙ったまま視線を彷徨わせ、わたしと目が合うと睨んできた。けれども、今はわたしが答える番ではない。

黙って見つめ返しているとアンジェリカは視線を外した。

「へ、陛下、緊張して忘れてしまいました……」

すると皇帝陛下が興味なさそうな顔で訊き返す。

「ほう？　この状況で『薬草の知識のみ』忘れたと言うのか？　それはまた随分と都合のいい頭だな」

明らかに嫌味だと分かるその言葉にアンジェリカの顔が赤くなる。

皇帝陛下の視線がわたしに向けられた。

「アイシャは分かっているのだろう？」

わたしは頷いた。

「はい」

「問二の薬草は何だ？」

「ティニムリッパーでございます」

皇帝陛下がディアナ様を見て、ディアナ様が頷いた。

それから質問は十ほど続いたものの、アンジェリカは何ひとつ答えることが出来なかった。

その様子に謁見の間にいた人々がまた騒《ざわ》めいた。

先ほどまではアンジェリカの言うことが正しいのではと思っていた人々も、自分が調べたと言いながら何ひとつ答えられないアンジェリカに疑いを深めていく。

その空気に耐えられなくなったのか、アンジェリカは両手で顔を覆うとわっと泣き出した。

「わ、わたくし、薬に関することは医者任せにしておりました……！　だから分かるはずがないですわ！　そう申しましたのに、こんなのあんまりです‼」

突然泣き始めたアンジェリカに人々が呆気《あっけ》に取られていた。王女ともあろう人間が、これほど大勢の前で大声で泣くなど普通は考えられないことであった。

さすがの皇帝陛下も呆れた顔をした。

「どちらが王国の恥か、一目で分かるな」

王国ではアンジェリカが泣けば相手が責められた。

しかし、帝国ではそうはいかない。どれほど泣いて哀れに見えるよう振る舞っても、竜人族には理解出来ないようで、困惑した空気が漂っている。

「第二王女、貴様は最初から間違えている」

陛下がつまらなさそうに玉座の肘掛けに頬杖をついた。

「まず、人間の国では、薬草や薬に関することは医者ではなく『薬師』に調べさせるものだ。それくらいは竜人でも知っている。医者は病や怪我は診るが、薬草の知識は薬師のほうが豊富だ」

皇帝陛下に指摘されてアンジェリカの涙が止まった。

無知を暴《あば》かれたせいか、羞恥心で顔が赤くなっていた。

「次に、そこにある書類だが、その中に書かれている内容は薬に関するものではない」

「え……？」

思わずといった様子でアンジェリカが顔を上げた。

驚いた表情からして、書類を読んでいないことは明白だった。そう、きちんと目を通していれば分かるはずだ。

「その書類に書かれているのは『薬草茶』に関することで、薬に関する内容ではない。貴様はずっと『薬』と言っているが、アイシャが研究していたのは『薬』ではなく『薬草茶』だ。竜人は薬に拒否感がある。だから、毎日紅茶の代わりに飲めて、薬より穏やかだが、それでも効果のある薬草茶の研究をしていた。そうだろう、アイシャ？」

皇帝陛下に視線を向けられ、わたしは頷いた。

「はい、その通りでございます」

「つまり、竜人の病に効く『薬』のことなど書かれていない」

アンジェリカは慌ててディアナ様が持つ書類に手を伸ばしたけれど、ディアナ様がその手をサッと避けたため、勢いあまって前のめりに転ぶ。

床に座り込んだアンジェリカは呆然としていた。

「貴様こそが嘘を吐いている。そもそも、アイシャは魔力がないわけではない。体質的に魔法は使えないが、魔力はある」

「う、嘘よ……お姉様は魔法士から魔力なしと言われたわ……！」

皇帝陛下の言葉にアンジェリカが小さく首を振る。

ディアナ様がそれに答えた。

「いいえ、皇后様は魔力をお持ちです。魔法が使えない体質ではありますが、魔力の器は陛下よりやや小さい程度……普通の人間や竜人よりはずっと大きいのです。その証拠に、先ほどまで陛下が触れていても、皇后様は体調を崩されておりません」

すると、アンジェリカとその侍女以外がハッと息を呑み、皇帝陛下へ目を向ける。

玉座にいる皇帝陛下の手には、手袋がはめられていなかった。

今までで一番大きな騒《ざわ》めきが広がった。

「陛下に触れられるなら、相当な魔力の器だぞ」

「私達竜人ですら難しいのに……」

「かなり大きな魔力の器があるなら、陛下のお子を宿したとしても……」

それ以上は聞き取れなかったが、最初は疑念に満ちていた人々の視線が変わっていくのを肌で感じる。アンジェリカは慌てて立ち上がるとわたしを指差した。

「そ、そうだとしても、魔法を使えないなら役立たずじゃない‼」

アンジェリカの言葉にわたしは訊き返した。

「それなら、あなたは魔法で国の役に立つようなことをしたのですか？　……真冬に魔法でわたしをずぶ濡れにして喜んでいただけではありませんか」

そのせいでわたしは高熱を出して、しばらく体調を崩し、マーシアに心配をさせてしまった。熱に浮かされながら、どんなにつらくて、悲しくて、苦しくて、みじめな思いをしたか。

「あなたのように、誰かを虐げたり傷付けたりするためにしか使えないのなら、わたしは魔法なんて使えなくてもいい」

たとえ魔法が使えなくても、わたしを必要としてくれる人がいる。信じてくれる人がいる。愛そうとしてくれる人がいる。

……陛下の隣を奪われたくない。

「わたしはもう、あなたにも、王国にも従わない‼」

アンジェリカが怒りのこもった表情で睨み付けてくる。

「役立たずの分際でわたくしを侮辱するなんて……‼」

その手が振りかぶられた。

見慣れた光景だった。きっと、その手はわたしの頬を打つ。

でも、もう怯えるのはやめると決めた。

襲ってくる衝撃と痛みを覚悟する。

けれども、それがやってくることはなかった。

「俺がアイシャを傷付けさせると思ったか？」

いつの間にか陛下がそばにいて、アンジェリカの腕を服越しに掴み、振り上げた手を止めていた。

「っ、放して！　放しなさい‼」

アンジェリカが暴れるものの、皇帝陛下の手はびくともしない。

「誰か、この不愉快な女とその侍女を捕らえろ」

陛下の言葉に兵士達が動いた。アンジェリカと侍女は強く抵抗したが、竜人族相手に敵うはずもなく、あっという間に捕縛された。

「王国の王女であるわたくしにこのようなことをすれば、また戦争になりますわよ⁉　お父様は絶対にこの蛮行を許しませんわ‼」

アンジェリカの怒りに皇帝陛下は笑った。

「一度負けたことを忘れたのか？　まさか、二度目も降伏すれば許されるとでも思っているのか？　もしウィールライトがまた戦争を仕掛けてきたら、次こそは王国の滅びの時だな」

心底愉快そうに笑う皇帝陛下にアンジェリカが唖然とする。

陛下は普段優しいから忘れかけていたけれど、周辺国では『冷酷』と言われるほど容赦がない。

「そ、そうなればお姉様は祖国を失いますわよ！　お姉様だって王国に何かあれば困るでしょう⁉」

助けを求めるように話題を振ってくるアンジェリカだが、わたしはそれに首を振った。

「王国がどうなろうと関係ありません。……長年わたしを虐げてきた国がなくなれば、むしろ、心穏やかに過ごせるかもしれませんね……」

生まれ故郷への情はない。あの国にはいい思い出もないから。

「皇帝である俺だけでなく、皆の者を騙そうとした罪。皇后への侮辱発言に、皇后を害そうとした罪。皇后の部屋から盗みを働いた罪。……王国ではどうだか知らないが、我が国では貴様は罪人だ」

ガチャリと兵士がアンジェリカの手首に手枷《てかせ》をはめた。金属製の手枷は重かったのか、アンジェリカがよろめき、膝をつく。王女という立場は帝国では無意味だった。

まさか手枷をつけられるとは思わなかったのか、アンジェリカは絶句していた。

「罪人を地下牢へ連れていけ」

皇帝陛下の言葉にアンジェリカが悲鳴をあげる。

「嫌よ！　放して！　こんなのありえないわ‼　わたくしこそが皇后の座に相応しいのよ‼　お父様もお母様も、みんなそう言ったわ‼　わたくしは王女なのよ⁉」

「アイシャも王女だ」

「妾の子なんて王族ではないわ‼」

アンジェリカの声が謁見の間に響く。

だが、すぐに皇帝陛下の冷たい声が言い返した。

「いいや、アイシャは王女だ。ウィールライト王国の第一王女として我が国に来て、俺の妻となった。残念だが、竜人族は人間ほど血筋や身分に執着していない。たとえアイシャが王国で平民に落とされたとしても、帝国では俺の妻であることに変わりない」

アンジェリカは今度こそ黙った。何を言っても、何をしても、この状況は変わらないと理解したのかもしれない。陛下の言葉通り、わたしは皇后のままなのだろう。

そして、アンジェリカは罪人として扱われる。

「もう罪人の言葉に興味はない」

皇帝陛下が手を振り、兵士がアンジェリカ達を引っ立てていく。彼女達は最後まで騒ぎ続けていた。アンジェリカ達が謁見の間から消えると静けさが戻ってきた。

「アイシャ」

陛下が優しくわたしを呼び、手を差し出す。

その手に自分の手を重ねれば、嬉しそうに皇帝陛下が微笑んだ。

手を引かれて玉座へ続く階段を上がり、陛下と共に振り返る。

大勢の人々がわたし達を見つめていた。

「もう知っている者もいるだろうが、アイシャは俺の『番』である。俺の伴侶にして唯一の存在。そして、竜人族のために薬草の研究もしている」

そこから陛下は皆に説明をしてくれた。

竜人族の子供が成長期に魔力過多になりやすいこと。

それによって命を落とす可能性が高いこと。

しかし、竜人族は薬が苦手であること。

わたしが薬草に詳しく、薬草茶を作れること。

自分も薬草茶を飲むようになってから確実に体調がよくなり、魔力過多による弊害が減ったこと。薬草茶は薬より飲みやすく、紅茶などの代わりに毎日数杯飲むだけで十分効果を得られること。

皇帝陛下の話を人々は静かに聞いていた。

「アイシャの研究は竜人族の助けとなるだろう。だからこそ、俺は彼女を尊敬している。我々のために協力を惜しまない彼女に、我々も敬意を表するべきではないか？」

シンと静まり返った謁見の間。

その中で、デイン様とディアナ様が進み出て、膝をついた。

「皇后様に敬意を」

「皇后様が我が国にいらしてくださったことに感謝いたします」

それをきっかけに人々が騒《ざわ》めき、顔を見合わせた。

皇帝陛下が頭を下げて、わたしの手に口付ける。

「君の努力は竜人の光となるだろう」

陛下のわたしへの対応を見て、人々が少しずつ膝をつく。

そして、謁見の間にいた全員が頭を下げた。

わたしが帝国で認められた瞬間だった。

「アイシャ、よく頑張ったな」

部屋に戻ってすぐ、皇帝陛下に抱き締められた。

ドキドキと胸が高鳴っているけれど、それが心地好い。

大きな手が優しくわたしの頭を撫でる。

今頃になって、体が震えていることに気がついた。

「長年、自分を虐げてきた相手に立ち向かうのは勇気が必要だっただろう。それでも君は諦めなかった。その勇気に敬意を表する」

「それは……陛下やディアナ様がいてくださったからです。わたしひとりではアンジェリカに言いくるめられてしまっていたかもしれません」

「そんなことはないさ。試験をするよう言った時点で勝敗は決まったようなものだった」

確かに、あの時、わたしは『アンジェリカに薬草の知識はない』『盗んだばかりなら書類を全て読む時間もなかったはず』だと考えて、試験をするよう申し出た。アンジェリカが答えられないだろうという確信があった。

「真っ直ぐに第二王女を見据えて堂々と立つ君の姿に、俺は惚れ直してしまったようだ」

その言葉にドキリとした。

……ずっと、ずっと考えていた。

陛下はわたしを愛そうとしてくれている。

でも、わたしなんかが皇帝陛下の隣に立っていいのかと、つり合うのかと悩んでいた。迷っていた。

しかし、こうして陛下と触れ合っていると、穏やかな気持ちになり、心が温かくなる。陛下と過ごす時間はわたしにとって、とても大切なものになっていた。

「……陛下」

そっと手を伸ばして陛下の頬に触れる。

わたしのほうからこうして触れたのは初めてだった。

皇帝陛下も驚いた様子で目を見開く。

「わたしに、陛下の御名をお呼びする権利をいただけますでしょうか……？」

わたしの精一杯の言葉はあまりにありきたりなものになってしまったが、陛下は嬉しそうに微笑み、わたしの手に触れた。

「ああ、どうか、ウィルフレッドと呼んでほしい。ずっと、君にそう呼んでもらえたらと願っていた」

何の躊躇《ためら》いもなく陛下は名を呼ぶ許可をくれた。

ただ名前を呼ぶだけなのに、心臓が早鐘を打つ。

「……ウィルフレッド、さま」

声が震えてしまったが、陛下が笑みを深めた。

「ありがとう、アイシャ」

名前を呼んだだけなのに陛下はとても幸せそうで。

わたしはようやく、この感情の名前を知った。

……ああ、わたしも、あなたのことを。

「ウィルフレッド様」

もう一度、今度はしっかりと名前を呼ぶ。

「わたしも、あなたを愛してても、よろしいのでしょうか……？」

金の瞳を煌めかせて陛下が笑った。

無邪気な少年のような、明るく、幸せそうな笑顔だった。

「ああ、もちろんだとも」

ギュッと陛下に抱き寄せられ、額に口付けられる。

「どうか、俺の妻として、これからは共に生きてほしい」

その言葉にわたしは頷いた。

……わたしも陛下と……ウィルフレッド様と共にいたい。

幸せというものを与えてくれた、大切な人と。

＊　＊　＊　＊　＊

「誰か、ここから出して‼」

冷たい地下牢は、ランタンの明かりが通路から差し込むものの暗く、殺風景で薄汚く、じっとりと湿った臭いがする。

隣の牢屋には侍女が入れられているのだろう。

こんなところは自分の居場所ではない。

地下牢には窓がなく、ここに入れられてから、どれほど時間が経ったのかも分からない。

一度だけ出された食事は水と硬くて黒いパン、色のほとんどない野菜クズが入っただけのスープだった。どう見ても不味いだろうことは分かっていたため、アンジェリカは食事に手をつけなかった。

しかし、その後は何もなく、初めて感じる強い空腹にアンジェリカは不満と苛立ちのままに叫んでいた。

けれども、どれだけ叫んでも誰も現れない。

「わたくしはウィールライト王国の王女なのよ⁉　こんな扱いをして、どうなるか分かっているの⁉　今すぐここから出しなさい‼　もうっ、誰かいないの⁉」

あまりに叫びすぎてアンジェリカは喉が痛くなった。

それでも黙っているのは不安だった。

いつ出してもらえるのか、そもそも出られるのか。ずっとあの食事やこの扱いが続くかもしれないと思うと静かにしてはいられない。とにかく人を呼んで、何とかさせたい。

だが、どれほど呼んでも人が訪れる気配はない。

時間が経つほどに不安が押し寄せてくる。

隣の牢屋にいる侍女は何も言葉を発さない。

最初はアンジェリカと共に叫んでいたのに、途中から、疲れてしまったのか静かになった。

「っ、このわたくしが呼んでいるのよ⁉」

思わず牢屋の柵を叩いたものの、手が痛くなってしまう。

痛みに耐えているいると足音が聞こえてきた。

「兵士から『うるさくて困る』と報告を受けたが、本当に騒がしいな。王女ともあろう者がそんなに叫んで恥ずかしくないのか？」

呆れの交じった声と共に現れたのは、皇帝と赤い髪の男だった。赤い髪の男は皇帝の肩に肘を置いてアンジェリカのいる牢屋を覗き込む。

「まあ、お姫様だから仕方ないんじゃないか？　こんな場所、お姫様は普通は入らないだろ？」

「落ち込んだり怯えたりするなら分かるが、叫んで、柵を殴るなんて、とても姫君の行いとは思えないが」

皇帝の言葉に羞恥で顔が熱くなる。

「ここから出してくださいませ！　わたくしが牢屋に入れられるなんて間違っていますわ！入れられるべきは陛下を騙したお姉様ではありませんか‼」

姉である第一王女は皇帝達を騙していた。魔力もなく、妾の子で正統な血筋でもなく、何の価値もないのにそのことを黙って帝国に来たのだ。捕縛されるべきは姉だろう。

　アンジェリカはその罪を明らかにしたのだから、感謝されていい扱いを受けるはずなのだ。

　皇帝は呆れた顔のままアンジェリカを見る。

「神経が図太いというか、恥を知らないというか。アイシャがそれを黙っていたのは王国が彼女の乳母を人質に取って脅していたからだろう。そんなことすら忘れてしまったのか？」

　アンジェリカは顔を背けて言う。

「そんなこと、わたくしは知りませんわ」

「……あくまで知らないふりをする気か。だが、アイシャに最初についていた侍女へ送った手紙は回収してある。その手紙には『乳母の件を出して脅してでも宝飾品を渡させろ』と書いてあったが？」

「それは侍女が勝手にやったことです」

　皇帝が隣の牢屋へ視線を向けた。

「なるほど？　つまり、皇后を脅迫しようとしたのは、そこにいる侍女か王国にいる侍女が行ったことで、第二王女の意思ではなかったと？」

「そうだとしたらそこの侍女は極刑だなあ」

　隣の牢屋から悲鳴のような声がした。

「いいえ、違います！　アンジェリカ様がそうおっしゃったので、私はそのまま手紙を書いて送っただけです‼　どうか、どうか、お慈悲を……‼」

侍女の言葉にアンジェリカはギョッとした。今まで、アンジェリカのためならどんなことでもしてくれていた侍女の突然の裏切りに驚いた。

隣から聞こえる侍女の声は、王国でのアンジェリカについて語り始める。

侍女は「わがままな王女で、従わないとクビになる」「少しでも機嫌を損ねれば折檻《せっかん》を受ける」などといったことを涙ながらに言っているが、アンジェリカは酷い裏切りだと感じた。

確かに多少のわがままは言っていたかもしれないが、折檻なんてしていない。……苛立ちのあまり少し叩くことはあったかもしれないけれど、それだってたまのことだ。

アンジェリカはその分、侍女やメイド達には自分の持っているものを惜しみなく与えてきたし、彼女達のわがままを通すために王女の立場を使うこともあった。決してアンジェリカだけが一方的にわがまま放題してきたわけではない。

「待ちなさい！　わたくしばかりがわがままを言ってきたわけではないわ！　あなた達にもわたくしは宝飾品やレースやフリルなど与えてきたじゃない‼　縁談を断ってあげたり、仕事を減らしてあげたり、色々してあげたのを忘れたの⁉」

「だけどアンジェリカ様は気に入らないことがあると物を投げたり、侍女を叩いたりしていたではありませんか！」

「そんなのちょっとじゃない！」

「そのせいで顔に傷が出来て結婚出来なくなった者だっております！　そんなことをされるな

らご機嫌を取るしかないじゃないですか！」

お互い顔も見えないまま、牢の壁越しに叫び合う。

しばらくそれを続けていると、不意に皇帝が吹き出した。

赤髪の男も釣られて笑い始め、ふたり分の笑い声が地下牢に響き渡る。この場に似つかわしくないものだった。

「……ああ、本当に想像通りだな」

皇帝がそう言って、笑うのをやめた。

「第二王女はどうせ碌《ろく》でもない奴だろうと思っていたが、それに仕える侍女もどうしようもない者ばかりだったらしい」

「こんな似た者同士の主と従者、逆に珍しいよな」

「全くだ」

皇帝と赤髪の男に冷たい眼差しを向けられ、アンジェリカは柵から身を離して後退《あとずさ》った。

「侍女に対してどんな態度だったかなどどうでもいい。貴様がアイシャを虐げ、帝国に来て皇后の座を奪おうとし、そのために俺や皆を騙そうとしたことも、アイシャから薬草の知識を奪おうとしたことも、許しはしない」

冷たい声と鋭い視線に体が震える。

赤髪の男が妙に明るい声で言った。

「皇后を害した罪、皇后の宝飾品と薬草の知識を盗んだ罪、皇后に暴行しようとした罪、皇帝を騙そうとした罪……ああ、竜人達も騙して皇后を引きずり下ろそうと企んだのも罪だよな。王国でも、これだけやったら極刑だろ」

極刑、という言葉にアンジェリカは睨み返す。

「わ、わたくしは王族ですわ！」

「敗戦国の王族が、戦勝国である帝国の皇帝の妻より上だと思っているのか？　アイシャのほうが地位が高いに決まっている」

アンジェリカは二の句が継げなかった。

確かに皇后のほうが、下手をすれば王国の国王である父よりも立場は上になるだろう。

だが、しかし、その地位にいるのはあの姉だ。

王国では役立たずで、無価値な王女と言われてきた第一王女。

そんな人間が自分よりも上だなんて、冗談でも認めたくはなかった。

それはあってはならないことだ。

「お姉様は妾の子ですのよ⁉」

「妾と言うが、貴族令嬢と国王の間の子ならば、それほど血筋に問題はないだろう。まあ、既に一度言ったが、竜人は貴族だの王族だのといった身分に興味はない。強い者かどうかが重要だ」

ギリ、とアンジェリカは奥歯を噛み締めた。

「魔法が使えなければ弱いも同然じゃない……」

強い者が好かれるならば、魔法の使えない姉よりも、魔法を使えるアンジェリカのほうが上だし、好かれるはずだ。

皇帝と赤髪の男は顔を見合わせた。

「確かに、魔法の有無だけを見ればアイシャは弱者だろう。けれど、竜人が思う『強者』は魔法の有無は関係ない。純粋な力や魔力の器の大きさだけを比べる者もいまだに多いのは事実だが、近年は知識や頭のよさも『強さ』の基準に含まれる」

「お姫さんの薬草の知識は凄いよなあ。オレら竜人は薬嫌いだから、お姫さんの知識はこれから重要になってくるだろうし、あって困る知識でもないからな」

「竜人は魔法が使えて当たり前だから、人間が魔法を使えると誇っても全く意味がない。それよりも、薬草の知識や研究のほうがずっと竜人族のためになる」

つまり、両者を比べた時、薬草の知識を多く持つ姉のほうが竜人にとっては価値があるということだった。

アンジェリカは呆然とした。自分の今までの価値観を全て否定されたのだ。

「もし貴様に価値があったとしても、皇后であるアイシャに働いた犯罪行為を見逃す理由にはならないが」

皇帝が視線を赤髪の男に向け、赤髪の男が頷いた。

「第二王女にはこれから罪人として過ごしてもらう。王国が第二王女の返還を要請したとしても、賠償金を払ってもらうまでは、王女は王国に帰ることは出来ない。王国が全ての条件を受け入れ、そのことを記した書面を取り交わし、賠償金を支払うまでは、第二王女はここで過ごしてもらうからな」

「王国は、お父様はきっとすぐにわたくしを助けてくださいますわ！」

「はいはい、そうだといいなあ」

赤髪の男は興味がなさそうに返事をする。

皇帝も似たような表情をしていた。

「じゃあ、兵士達のためにも、騒がず暴れず、淑女らしく静かに過ごしてくれよ。ああ、食事は日に二回な」

「安心しろ。死なせるつもりはない。……まあ、王女として何不自由なく過ごしてきた貴様には多少つらいかもしれないが、いい経験になるだろう」

赤髪の男と皇帝が言い、背を向けて歩き出す。

「待ちなさい！　わたくしをここから出すのよ!!」

叫んでもふたりは振り返らず、柵から伸ばした手は届かない。

「嫌よ！　こんなところでずっと過ごすくらいなら死んだほうがいいわ!!　……っ、出して!!

ここから出しなさいよ‼」

その後、アンジェリカがどれほど叫んでも、人は来なかった。

＊　＊　＊　＊　＊

アンジェリカの件から一週間。

その後のアンジェリカや侍女達について、皇帝陛下――……ウィルフレッド様はようやくわたしに教えてくれた。

「まず、第二王女とアイシャの部屋から盗みを働いただろう者達は地下牢に入れてある。しばらくはあそこで過ごすことになるだろう」

帝国は王国に対し、即座に使者を送ったそうだ。

皇后であるわたしを虐げていたこと、乳母を人質にして脅して帝国を騙していたこと、アンジェリカを送り込んで帝国内に混乱を起こそうとしたこと、アンジェリカが皇帝や皆を騙してわたしを引きずり下ろそうとしたこと。沢山ありすぎてウィルフレッド様も呆れていた。

今回の件で帝国は王国に賠償を請求した。

わたしに対する賠償金とアンジェリカの身代金、それから、帝国に対する賠償としていくつかの土地。先の戦争の賠償金の支払いも催促したらしい。わたしに対する賠償金と身代金、先の戦争の賠償金の支払いだけで、相当な額になる。

しかも、支払えないような額は請求しなかったらしい。

王国がギリギリ何とか支払えるだろう額で、けれど支払えば王国の財政が苦しくなる程度には多額の賠償金だそうで、わたしに対する賠償金はそのまま、わたしのお金になるということだった。

「皇后には品位保持金が与えられているが、自分で好きに使える金もいくらかあったほうがいいだろう」

とウィルフレッド様が言っていたけれど、訊いてみたら『いくらか』なんて可愛らしい表現で済ませられるような額ではなかった。

これに関してウィルフレッド様は王国に一歩も譲るつもりはないそうだ。

「アイシャの受けた心の傷は金では癒やせないが、それだけのことをアイシャにしたのだと王国の王家に知らしめる必要がある。それに、王国民も、何故多額の金を帝国に支払うことになったのか理由を知れば、王家を非難する。王国の王族はもっと自身の立場を理解するべきだ」

それについて、わたしは反対しなかった。ウィールライト王家は贅沢をしすぎていると、わたしも感じていた。民の税を私財と勘違いしているところがあった。

どれほどお金が大事なものなのか、自分達の生活がいかに恵まれ、贅沢ばかりしていたのか、王族は実感したほうがいいのだろう。

「ただし、第二王女を生涯幽閉し、二度と表舞台に出さないというのであれば、土地について協議を行う余地は作る」

恐らく、王国はアンジェリカを幽閉するだろう。土地をそのまま奪われるより、話し合って帝国に差し出す土地を何とか少しでも減らそうと考えるはずだ。

……ただ、ウィルフレッド様がそれに応じるか。

わたしの前では優しくても、元は冷酷と言われていた人だ。

あくまで話し合いの場は与えるが、帝国が王国の意見を聞くかどうかは別の話だ。多分、場を与えるだけで土地について譲歩はしそうにない。

「賠償金の支払いがある程度済むまで、第二王女は地下牢で過ごさせる。そして、第二王女付きで盗みを働いた者達は王国には返さず、重罪人として裁くことにした。皇后を害そうとした者への罰を軽く済ませれば、似たような者が出てこないとも限らない」

……さすがに極刑は免れないのだろうか。

分かってはいても、わたしに関わることで人が死ぬというのは想像するだけで恐ろしかった。

そんなわたしの様子に、隣に座っていたウィルフレッド様は気付いたのか、わたしの肩を優しく抱き寄せた。

「本当は極刑でも温いくらいだが、君が苦しむのは俺の本意ではない。前回の侍女と同じく、犯罪奴隷として北の鉱山に送ろうと思っている」

ウィルフレッド様の言葉に少しだけホッとした。

「ありがとうございます、ウィルフレッド様」

「アイシャが感謝することではないんだが」

ウィルフレッド様は苦笑し、わたしの額に口付ける。

何度されても嬉しく、同じくらい気恥ずかしい。

ジッとウィルフレッド様に見つめられる。

「しかし、君からもらう感謝の言葉は何よりも嬉しい。出来れば、態度でも示してくれるともっと嬉しいが」

期待をするように金色の瞳がわたしを見る。

……触れ合うのは、とても、恥ずかしいのに……。

マーシア以外の人と触れ合ったことなんてほとんどなかったので、ウィルフレッド様と触れ合うといつも苦しくなるくらい胸がドキドキし、体温が上がる。

そっとウィルフレッド様の頬に手を添えた。

すると、嬉しそうにウィルフレッド様が目を細め、わたしの手に頬擦りをする。その仕草が可愛いけれど、次の瞬間には、わたしの掌へ悪戯っぽく口付けてくる。

その唇の感触に呼吸が止まりそうになった。

わたしのほうから触れるのは、もっとドキドキしてしまう。

震えるわたしの手を宥《なだ》めるように、ウィルフレッド様がもう一度、掌に口付ける。大きな手がわたしの手に重なり、逃がさないというように包み込まれた。

もう片方の手もウィルフレッド様の頬に添える。

わたしのほうから、ウィルフレッド様に抱き着いた。

わたしよりも固い胸板に腕を回すと、がっしりとした体つきがより感じられる。そしてわたしよりも高い体温。ウィルフレッド様に触れた額から、わたしのものではない、少し速い鼓動を感じる。

……ウィルフレッド様もドキドキしているのね。

平然としているふうなのは見た目だけで、こうして触れると、ウィルフレッド様から少しの緊張も伝わってくる。わたしに触れられて緊張するなんて。

ギュッと抱き着いてもう一度言う。

「ウィルフレッド様、ありがとうございます」

すると、長い腕に優しく囲われた。

「どういたしまして、アイシャ」

甘く、低く、穏やかな声はわたしだけに向けられるもの。

……この人はわたしの夫で、わたしの味方……。

そう思うと、緊張していた体から力が抜けた。

ウィルフレッド様はわたしを『番』と言った。

神様が決めた運命の伴侶であり、唯一の存在だと。

竜人は『番』以外を心から愛することが出来ないらしい。

この温もりも、優しさも、一時のものではなく、ずっと続いていくものであり、ウィルフレッド様はいつもわたしに愛情を与えてくれる。

……わたしも、ウィルフレッド様を愛したい。

王国にいた時のわたしは愛情に飢えていた。

もっと愛されたい、必要とされたいと願っていた。

でも、わたしを愛してくれたのはマーシアだけだった。その分、マーシアは愛情深くわたしに接してくれたし、わたしもマーシアを家族として愛している。

ただ、ウィルフレッド様に感じる愛と、マーシアに感じる愛は違った。初めて、恋愛としての愛を知った。

今は、毎日があふれる感情で煌めいている。

王国で暮らした灰色の日々はもう過ぎ去った。

帝国での日々は、まるで宝石のように輝いていて、毎日が楽しく、充実していた。天国があるとしたら、それはきっとここのように幸せな場所なのだろう。

「なあ、アイシャ、ひとつ提案があるんだが……」

密やかにウィルフレッド様がわたしの耳元で囁いた。

それが少し、くすぐったい。

「はい、何でしょうか？」

「人間は結婚式を挙げるだろう？　竜人は、式は挙げないけれど、皆に婚姻したと披露はする。……今更だが、君が俺の伴侶になったと民に広く知らしめたい」

顔を上げれば、ウィルフレッド様と目が合った。

皇帝ともあろう人が不安そうにわたしを見つめている。

「その、もちろん、君が嫌だと思うなら無理強いはしない。けれど、皇帝が妻を娶《めと》ったのに、いつまでも民の前に出さないというのは色々と問題があってだな……」

慌てて言い募る様子は、まるで叱られる前の子供のようで、何だか少し可愛かった。

「わたしを、妻として紹介していただけるのですか？」

そう訊くと、ウィルフレッド様が大きく頷いた。

「ああ、皆に君を紹介したい。……いいか？」

「はい。是非、紹介してください。わたしも、この帝国に住む方々のお顔を見たいです」

「そうか！」

ウィルフレッド様が嬉しそうに表情を明るくする。

そんな姿がやっぱり、少し可愛いと思ってしまうわたしはおかしいのだろうか。男性に対して可愛いだなんて。

「よし、それではすぐに日程を調整して、皆に公表して、それから衣装も作らなければいけないな。他には何があったか――……」

あれこれと呟いて考えているウィルフレッド様に顔を寄せる。

ふとこちらに気付いて視線を上げたウィルフレッド様の唇に、わたしは自分の唇をそっと重ねた。離れると、ちゅ、と小さな音がした。

間近にあるウィルフレッド様の顔がキョトンとし、瞬きを二度ほどした後、ぶわりとその顔が赤く染まる。

ややあって自分のしたことを理解し、わたしの顔も一気に熱くなった。

……わ、わたしったら、一体何を……⁉

ウィルフレッド様を可愛いと思って、気付いたら口付けていた。

「アイシャ、今のは……」

言いかけ、ウィルフレッド様が手で自分の口元を覆う。

その仕草に不安になった。

「も、申し訳ありません……その、お嫌でしたか……？」

「っ、嫌ではない‼」

バッと顔を上げたウィルフレッド様が大きな声を出す。

驚いていると、我に返ったウィルフレッド様が声量を落とし、赤い顔でわたしを抱き締めた。

「……すまない。嫌なのではなくて、まさか君から口付けてもらえるとは思っていなかったから、驚いてしまって。……とても嬉しかった」

嫌がられていないことに安堵しつつ、広い背中に腕を回す。

ややあって、問いかけられる。

「……もう一度、してもいいだろうか？」

「……はい」

そして、わたし達はもう一度、ゆっくりと口付けた。

初めての口付けも、二度目の口付けも、幸せだった。

第四章：響き合う心

竜人族は婚姻を結ぶと伴侶を披露する。

それは、自分の伴侶を同族に紹介するためもあるが、同時に『自分の伴侶だから手を出すな』と警告する目的もあった。

そもそも、竜人が伴侶と呼ぶのは『番』のみだった。伴侶に手を出すことは、その『番』である竜人に喧嘩《けんか》を売るようなものなので、滅多にあることではない。

そしてウィルフレッドは浮かれていた。

アイシャとの関係が進展したこともそうだが、披露したいと言った時、拒否されるどころか肯定的に受け入れてもらえたことが嬉しかった。

種族によっては、式を挙げずにお披露目のみの竜人族の婚姻を受け入れられないという。特に人間は結婚式を挙げることに執着する傾向があった。

だが竜人からすると、式に多額の費用をかけるくらいならば、伴侶との今後の生活のために使いたいと思う。

その認識の違いから、お披露目のみを嫌がられることもある。

その辺りもアイシャに説明したが、アイシャ自身は結婚式にあまり関心はないらしい。

ただ、紹介の時に婚礼衣装を纏いたいとは言っていた。

「今までのドレスは妹のお古を手直ししたものばかりでしたが、あれだけは、初めて作ってもらった新品のドレスだったので」

……やはりウィールライト王国は滅ぼすべきなのでは？

しかし、アイシャはもう王国とは関わりたくなさそうだった。それも当然だろう。アイシャ王女が新品のドレスすら買ってもらえなかったなど、ありえない。

アイシャが何も言わないならば、ウィルフレッドが横から口出しをするのは余計なお世話かもしれない。

「アイシャがそれでいいなら。だが、改めて作ることも出来るぞ？　その衣装でいいのか？」

「はい、ウィルフレッド様と初めてお会いした際に着ていたものですから、あのドレスがいいのです」

というわけで、披露する際のアイシャの装いは最初に着ていた婚礼衣装となった。

あまり思い出せないのは、あの時はアイシャに興味がなかったからだろう。もう一度、婚礼衣装姿のアイシャが見られるのはウィルフレッドにとってもいいことであった。

「機嫌がよさそうだなあ、今日のウィルは」

デイルの言葉にウィルフレッドは頷いた。

「アイシャが披露を受け入れてくれただろう？」

「あ～、それな。よかったよなあ」

話しながらウィルフレッドもデイルも書類を片付ける。

だが、不意にデイルが顔を上げた。

「その前にお姫さんに本来の姿を見せとけよ。いきなり見たら驚いて気絶しちまう人間もいるらしいからな。お披露目で初めて見せて、お姫さんに怖がられたくないだろ」

言われて、ウィルフレッドは思い出した。

竜人族が伴侶を披露する時、竜人は本来の姿……ドラゴンの姿になるのが習わしである。昔、竜人族は本来の姿を他の種族に見せることはなかった。つまり、その姿を見せてもいいと思えるほど信頼している相手だという証らしい。

……アイシャはドラゴンの姿を受け入れてくれるだろうか？

ドラゴンの姿に怯えてしまう人間もいる。

そう分かっていても、アイシャに怯えられるのはつらい。

色々と考えてみるが、悪いことばかり想像してしまい、ウィルフレッドは小さく頭を振った。

「……そうだな、一度見せてみる」

……怖がられないといいのだが。

「ところで、第二王女の様子はどうだ？」

第二王女を投獄してから二週間が経った。

放り込んですぐに一度だけ様子を見に行ったものの、それ以降、ウィルフレッドは第二王女と顔を合わせてはいない。代わりにデイルが頻繁に報告を聞いているようだった。

ウィルフレッドの問いにデイルが笑った。

「結構、堪《こた》えてるっぽいな。最初は『こんなもの食事じゃない』とか『寒いし板が硬くて眠れない』とか文句ばっかりわめいていたけど、二日ほど食事抜きになったのが相当きつかったらしい。最近はわりと静かだってさ」

第二王女は空腹には耐えられなかったのだろう。

騒げば騒ぐほど扱いが酷くなると気付いたか。

地下牢の監視役の兵士達には第二王女の言葉に耳を貸さないよう告げてあるし、あまり騒ぐようならば死なない程度に罰を与えてもいいと許可を出してある。

……まあ、今更反省しても遅い。

第二王女も盗みを働いた者達も、王国に引き渡す前に魔法のかかった鞭で打つつもりだ。その鞭で付いた傷は治癒魔法でも治せなくなる。たとえ第二王女が王国に帰り、勝手にどこかの貴族と結婚して逃げようとしたとしても、体に傷のある、帝国から睨まれている王女を引き取りたがる家はない。

人間の貴族は少しでも体に傷があると瑕疵《かし》になるそうだ。

「静かなのはいいことだ。あの高い声で延々と叫ばれていたら、兵士達の耳がおかしくなってしまいそうだからな」

「確かになぁ。あの声、オレも苦手だぜ」

ウィルフレッドとデイルは顔を見合わせた。

「王国がもし第二王女を切ったらどうする？」

デイルの問いにウィルフレッドは笑った。

「その時は犯罪奴隷落ちだな。正直、国内に残しておくのも嫌だから、奴隷に落とした後、王国に返すか」

手元に置いておいても手間と金がかかるだけだ。厄介なものは元の場所に返すに限る。


本来の姿をアイシャに見せると決めた翌日。

ウィルフレッドはそのことを伝えることにした。

「アイシャ、実は相談があるんだが……」

どう切り出すか迷って、とりあえずそう言うと、美しい青い瞳が不思議そうに瞬いた。いつ見ても綺麗な瞳だと思う。

ティーカップとソーサーをテーブルへ戻し、アイシャがウィルフレッドの手を握る。

「はい、何でしょう？　深刻そうな顔をされていますが、もしかして、アンジェリカか王国の件ですか……？」

「いや、そうではない」

心配そうに見つめられ、慌てて否定する。

王国や第二王女などの件は問題なく話が進んでいる。

恐らく、王国は帝国の出した条件に頷くだろう。だから、それに関しての心配は全くない。

「先日話していたお披露目だが、君に伝え忘れていたことがあって……実は、竜人族が伴侶を披露する際には、竜人は本来の姿……ドラゴンの姿になるのが習わしなんだ」

アイシャがキョトンとした顔をした。

「そうなのですね……？」

それがどうかしたのだろうか、という雰囲気だった。竜人が人間とドラゴン、両方の姿を取れるという知識はあるのだろう。それだけでもありがたい。

「だが、ドラゴンの姿は人間にとっては恐ろしく見えるらしい。初めて見た者は怖がってしまう。……それで、お披露目の前に一度、君に俺の本来の姿を見てもらいたいと思って。その、竜人族は、昔は同族以外にドラゴンの姿を滅多に見せることがなかったことから、本来の姿を見せてもいいほど信頼出来る相手が伴侶だという意味もあってだな……」

言いながら、言葉尻が萎んでしまう。見たくない、嫌だと言われたら、ウィルフレッドは悲しいが、無理強いをするつもりはなかった。

その時は人の姿でお披露目をすればいい。慣習を無視する形になってしまうが、アイシャを怖がらせたくなかったし、全てを竜人族に合わせる必要はない。

アイシャが婚礼衣装なので、もし人の姿がいいと言われれば、ウィルフレッドも婚礼衣装で並べば問題はないだろう。

細い指が、優しくウィルフレッドの頬に触れる。

「ドラゴンの姿、見てみたいです」

視線を上げると、アイシャが微笑んでいた。

「ウィルフレッド様は、わたしに本来の姿を見せてもいいと思ってくださっているのですよね？」

「ああ、君に俺の本来の姿を見てもらいたい」

「嬉しいです。ドラゴンを見たことがないので、初めて見るドラゴンがウィルフレッド様だなんて光栄です。きっと、ドラゴンのウィルフレッド様も素敵なのでしょうね」

そう返されて嬉しかったが、やはり不安もあった。

「だが、人間の女性は蛇や蜥蜴《とかげ》などの生き物が苦手だと聞く」

アイシャがおかしそうに、ふふっ、と小さく笑った。

「ドラゴンは蛇や蜥蜴とはきっと違います」

「そうだろうか。俺は結構、近いと思う。鱗《うろこ》の生え方などそっくりだ。子供の頃、俺は蛇や蜥蜴はドラゴンの仲間だと思っていた」

「まあ、ウィルフレッド様にもそのようにお可愛らしい時期があったのですね」

よほどおかしかったのかアイシャがまた笑う。

その柔らかな笑い声に少し、不安が弱まる。

「きっと大丈夫です。……王国でも、よく薬草園に行っていたので、実は蛇や蜥蜴もそれほど嫌いではありません。毒のあるものは怖いですが、ウィルフレッド様はわたしに噛みついたりしないでしょう？」

アイシャの問いにウィルフレッドは何度も頷いた。

「もちろんだとも」

「では、怖くありません。ウィルフレッド様のドラゴンのお姿、是非、見てみたいです」

そういうわけで、アイシャに本来の姿を見せることになった。

ふたりで部屋を出て、城の外の庭園に向かう。

建物の中でドラゴンの姿になると、とても狭くて身動きが出来なくなってしまうし、調度品も壊してしまうので、本来の姿になる時は広い場所でというのが竜人の常識だった。

そのことを歩きながらアイシャに説明すると訊き返される。

「どのくらい大きいのですか？　きっと、わたしが両手を広げるより、もっと大きいのですよね？」

見上げてくる青い瞳はキラキラしていて、恐れの色はない。

……少しでも不安を感じるようならやめようと思っていたのに。

アイシャからは、むしろドラゴンの姿への期待のようなものが感じられた。これまでは気付かなかったが、意外と好奇心が強いのかもしれない。

ウィルフレッドは頷き返した。

「そうだな、君が両手を広げるより大きい」

「本棚やベッドよりも大きいですか？」

「ああ、もう少し大きいな」

「だから外なのですね」

青い瞳が好奇心からかいっそう輝く。そんな姿を見ていると、ウィルフレッドは自分が今感じている不安は杞憂に終わるのではないかと思えてきた。

繊細そうなアイシャにドラゴンの姿は少々刺激が強すぎるかもという心配は、不要な気がする。

「ウィルフレッド様のドラゴンのお姿、楽しみです」

これほど興味を持たれるとは思わなかったが。

機嫌のよさそうなアイシャと共に庭園の開けた場所に到着すると、輝く青い瞳がジッと見つめてくる。薬草について語っている時もこんなふうに目を輝かせていたので、ウィルフレッドの本来の姿を見ることにも本当に抵抗はないようだ。

「少し離れていてくれるか？　体が当たると危ない」

「はい」

アイシャが返事をして、広場の端に寄る。

それから、ウィルフレッドは小さく息を吸った。

ドラゴンの姿になるのが久しぶりなのも心配だったが、アイシャが怖がらないだろうかということが一番心配だった。

……ここまで来て、やはりやめようとは言えない。

ウィルフレッドは覚悟を決めてドラゴンの姿へと変化した。

＊　＊　＊　＊　＊

ウィルフレッド様の体が稲妻のような光に包まれる。

パチ、バチッと音を立てながら光が大きくなると共に、周囲に風が吹く。少し強く、わたしはドレスのスカートと髪を押さえた。

思わず閉じてしまった目を開ければ、そこにはドラゴンがいた。

まるでよく磨いた鎧のように艶のある、鱗に覆われた大きな体。前足と後ろ足があり、肩辺りから一対の翼が生えている。蝙蝠《こうもり》の翼に似ているが、それよりもずっと硬そうな翼は開くと体長と同じくらいあるだろう。黒い体の所々に金が混じっていて、黒一色よりも神々しく見える。首の後ろから尻尾《しっぽ》の先まで棘《とげ》のようなものが並び、開けた口からは鋭い牙が覗いている。少し足踏みをした前足にも後ろ足にも、やはり鋭い爪がある。全体的に鋭利な印象を感じさせた。

初めて、ドラゴンというものを見た。

何故、怖がられるのか分かった気がした。

とても神々しく、けれど、同時にとても獰猛《どうもう》そうで、その牙や爪が触れただけで簡単に人間の体は引き裂かれてしまうだろう。

しかし、これが危険な人物であったならともかく、そこにいるのはウィルフレッド様だ。ドラゴンへの変化が終わると、ウィルフレッド様は長い首をすぐに下げ、姿勢を低くして、わたしと目線を合わせようとしてくれる。わたしが一歩踏み出すと勢いよく尻尾が上がり、土埃が立つとすぐに気付いたらしく、尻尾がそっと地面に下ろされた。

わたしが近づくのを静かに待っている。

わたしは更に一歩、二歩と近づき、低い位置にある頭に手を伸ばす。

指先に触れた鱗は見た目通り、とても硬かった。

少し指先で確かめてから、掌を当て、頬を撫でる。

グルルと唸り声がしたけれど、それはどこか嬉しげだ。閉じた目が開かれて、間近で視線が合った。金色の瞳はドラゴンになっても変わらない。黒髪は漆黒の体になっただけ。

【……怖くないか？】

いつもより少しこもったウィルフレッド様の声がする。

わたしが三人並んで手を伸ばしてやっと体長と同じくらいになろうかというほど大きいのに、頭を下げ、恐る恐るといった様子で訊いてくる姿は全く怖くなくて。

「怖くありません」

そっと、ウィルフレッド様の頬にわたしは寄り添った。

「ドラゴンのお姿が想像以上に格好よくて驚きました」

本で読んだドラゴンの姿に似ているけれど、ウィルフレッド様のほうがずっと雄々《おお》しく、神々しい。

わたしが触れているからかウィルフレッド様は動かない。

そういう気遣いや優しさを感じるから、怖くない。

先ほどのウィルフレッド様の言葉を思い出して笑ってしまった。

「蛇や蜥蜴よりも、ずっと素敵です」

体を離して見ると、金色の瞳が優しく細められる。

【……よかった】

心底ホッとしたような声音だった。

【もし君に怖がられたらどうしようかと思っていた】

ウィルフレッド様は一旦顔を上げると、一歩下がり、翼を畳んでその場に伏せる。そして、首と尻尾を体に沿わせるように丸くなった。

動きが止まってからわたしも近づき、顔のそばに座る。

ウィルフレッド様の頬に触れると、グルル……とまた小さく唸った。低い唸りだが、満足そうな雰囲気を感じる。

硬質の鱗はとても綺麗だった。

鱗を指で辿るとウィルフレッド様が笑う。

【くすぐったいな】

「鱗にも感覚があるのですか？」

【いいや、ない。だが、触られている感覚は何となくある。そうだな……髪に触られると分かるあの感じに似ている】

金色の瞳がゆっくりと瞬いた。

蛇や蜥蜴を触ったことはないけれど、鱗はきっと、それらよりもずっと硬いのだろう。簡単には傷付きそうにない。

「とても硬い鱗ですね。剣も弾《はじ》いてしまいそうです」

こんなに硬いのに、触るとその下に筋肉があるのを感じられるから不思議だった。硬いだけではない。一枚一枚の鱗が丁寧に体を覆っていた。

【大剣はさすがに難しいが、普通の兵士達が使うような剣は通さない。魔法もある程度は弾くぞ】

「凄い鱗ですね。これは抜けても生えてくるのでしょうか？」

【抜けば生えてくるが、動物の毛が生え替わるわけではないな。あと、抜けると結構痛い。人間も爪が抜けたら痛いだろう？　似たようなものだ】

なるほど、と思いながら鱗をもっと撫でる。

つるりとしており、ヒンヤリと冷たく、硬いのに柔らかいような不思議な感じで、何だかずっと触れていたくなる。

体が大きいからか、普段はしない呼吸の音も聞こえる。

……生きている音だわ。

当たり前のことなのに、感動した。

そして別の疑問が生まれる。

「ドラゴンになると服も消えるのですね」

ウィルフレッド様の体が小さく揺れて笑った。

【そこに着目するか。普段は人間と同じく服を着ているが、今日は本来の姿に戻ると分かっていたから、魔力で生み出した服を着ていたんだ。魔力で作った服なら消すことも、また生み出すことも出来る。だから、竜人によっては魔力で作った服しか好まない者もいる】

ウィルフレッド様が地面に視線を落とす。

それに釣られて下を見れば、先ほど、ドラゴンに変化した時と同じく稲光のようなものが球体になって現れ、すぐに消えた。次の瞬間、そこにはウサギのヌイグルミがあった。

「……可愛い」

ヌイグルミに触れると柔らかかった。

【魔力で作ったものだ。体から離れると長時間維持することは出来ないが、こういうふうに衣服や靴なども作ることが可能だ】

「本当に凄いですね……！」

ヌイグルミを持ち上げ、抱き締める。

もふもふとした感触が心地好い。

ヌイグルミを抱き締めながらウィルフレッド様に寄りかかる。少し前は冷たかった鱗が、日に当たったからか、ほんのり温かくなっていた。

【今日はいい天気だな】

「そうですね」

少し日差しが強いけれど、雲ひとつない快晴だ。

ウィルフレッド様の尻尾が持ち上がり、ブンと軽く振って土を払い落とすと、わたしとウィルフレッド様の頭上に翳された。

尻尾で作られた日陰のおかげで過ごしやすくなる。

「ドラゴンになると炎のブレスが放てると本で読んだことがあるのですが、本当ですか？」

【祖先は出来たらしいが、今の竜人には出来ないな。ただ、ドラゴンの姿だと簡単な魔法なら詠唱をしなくても使える】

「詠唱せずに使えるのは珍しいことなのですか？」

【ああ。普通は詠唱しなければ魔法は発動しない。ドラゴンの姿は人間より動物に近いから、詠唱をしなくても本能的に魔法が使えるのだろうという説があるけれど、実際のところは解明されていない】

……使えるのに、よく分からないなんて。

「分からないのに使っているんですか？」

【便利だからな】

笑うわたしに釣られたのかウィルフレッド様も笑う。触れている部分から、いつもよりやや低いウィルフレッド様の笑い声が振動と共に伝わってくる。

「……ドラゴンのウィルフレッド様を見ることが出来て嬉しいです。見せてくださり、ありがとうございます」

ウィルフレッド様は言っていた。

本来の姿を見せるのは信頼の証である、と。

わたしを信頼してくれたことが嬉しかった。

【俺のほうこそ、怯えないでくれてありがとう】

返事の代わりにウィルフレッド様の頬をそっと撫でる。

姿が違っていても、大きくて、強そうで、頼もしいのは変わらない。ウィルフレッド様はウィルフレッド様のままだった。

＊　＊　＊　＊　＊

城の庭園に黒いドラゴンがいる。

明るい日差しの下、漆黒の鱗に金が所々に散ったその姿は、同じ竜人から見ても美しいと思った。漆黒のドラゴンのそばには番がいて、寄り添い合う姿は遠目から見ても親しげだ。

デイルは城の窓からそんなふたりの様子を眺めていた。

デイルとウィルフレッドはほぼ同時期に生まれ育った幼馴染でもあり、昔からの好敵手であり、そして親友でもあった。ウィルフレッドの強者故の苦悩もそばでずっと見てきた。

だからこそ、あのように他者と触れ合い、穏やかに過ごせているウィルフレッドの姿には色々と感じる。

番を見つけられたことに対して少しの羨望はあるものの、それ以上に、ウィルフレッドが番を見つけられたことが、その番がウィルフレッドと触れ合える存在であることが喜ばしかった。

「……とても楽しそうですね」

ふと、デイルのそばにディアナが立った。

昔のデイルは今よりもやんちゃだった。強い者を見るととにかく喧嘩を売っていたので、怪我も多く、その度に医者であるディアナに治してもらった。

毎日のように怪我をして呆れられもした。

それでも、ディアナがデイルを見捨てることはなかった。

親子ほど歳が離れているというのもあるが、毎回怪我を治してもらっていたので、デイルは今でもディアナには頭が上がらない。

「ああ、ウィルの本来の姿なんて久しぶりに見たぜ」

「私が最後に見たのは、あなたと大喧嘩をした時ですね」

「オレもそうだ」

もうかなり前だが、ウィルフレッドが番を必死に探していた時期があった。しかし、どれほど探しても見つからず、荒れたウィルフレッドの様子にデイルも釣られて苛立ってしまい、本来の姿で喧嘩をした。

ドラゴンの姿での喧嘩は周囲への被害も大きいので基本的にはしないというのが竜人族の常識なのだが、当時は、デイルもウィルフレッドもまだ若かった。

本来の姿で喧嘩をして、散々暴れ回った。当然周囲に大きな被害を出してしまい、その後、揃ってディアナから説教を受けた。ディアナは普段は穏やかな性格だけれど、怒ると実はとても怖いのだと知った。

あれ以降、デイルもウィルフレッドも、ディアナの言うことは比較的素直に聞いている。怒らせてはいけない相手だ。

強さで言えばデイルとウィルフレッドのほうが上のはずなのに。

「お姫さんも楽しそうだな」

何を話しているかは知らないが、ウィルフレッドに寄りかかり、時折、ドラゴンの頬を撫でている。

きっと、ウィルフレッドは喜んでいるだろう。

個体として強いデイルですら、ウィルフレッドと長時間触れ合うことは出来ないため、ああして誰かと触れ合えること自体が奇跡のようなものだった。

「ええ、そうですね。……最近のアイシャ様は俯くことも減って、皇帝陛下も毎日楽しそうで、おふたりが寄り添って過ごす姿は何度見ても感動します」

「触れられるって分かってから、ウィルはお姫さんにデレデレだけどな」

「仕方ありません。今まで誰とも触れ合うことが出来なかったのですから、人の温もりに飢えていたのでしょう」

ここ最近のウィルフレッドは番にベッタリだ。

今までよりもやる気が出たのか仕事を早く済ませ、休憩時間だと言って毎日番の部屋に足繁く通っている様子は微笑ましい。

……少し前までは『冷酷皇帝』なんて呼ばれていたのにな。

番に接するウィルフレッドを見たら、他国の王族達も驚くだろう。それくらい変わったし、それだけ番という存在はウィルフレッドにとって大きかったのだ。

「それはあのお姫さんも同じだったみたいだしな」

ウィルフレッドの番はずっと酷い環境にいた。

帝国に来て、今ではああして幸せそうに笑っているけれど、初めて会った時は無表情で俯きがちで、どこか陰気さを感じさせていた。

「互いにいい影響を与えたのですね」

「ああ……なんか、オレも番が欲しくなってきたぜ」

生まれた時から運命付けられた唯一の存在。

そんなもの、なくたっていいとデイルは思っていた。

だが、幸せそうにしているウィルフレッド達を眺めていると、自分にもいつかそういう相手が現れるのだろうかと考えてしまう。

……その時、オレも変わっちまうのかねえ。

ウィルフレッドの変化はいいほうに向かったが、誰もがそうなるとは限らないし、長い竜人族の歴史の中には、番のせいで身を滅ぼした者も少なくない。

それ故に『番は不要』と思う竜人もいる。

デイルもそのひとりだった。

ウィルフレッドは逆に番を望んでいた。

運命の相手ならば触れることが出来るのではないか。

そんな希望をウィルフレッドは抱いていた。

結果としてそれは当たっていたのだが、ウィルフレッドの番が特殊な体質で本当によかった。

愛する者と触れ合えない。親しい者と抱き合うのも難しい。家族ですら、母親ですら、息子を抱き締めることが出来ない。

幼い頃から誰とも触れ合えなかったウィルフレッドの孤独感を、デイルは心から理解することは出来なかった。

デイルはむしろ、常に周りに誰かがいて、自分から繋がりを作っていたため、周囲から避けられていたウィルフレッドとは正反対だった。

皇帝の座に就いたウィルフレッドは仕事はとても出来たが、威圧的で、冷たく、他者との繋がりを拒絶していた。

昔から親しい間柄であるデイルやディアナに対してはそんなことはなかったが、それ以外の者に対しては淡々として、情けをあまりかけない。

強者が上に立つ竜人族の世界ではそれでも問題はなかったが、年々心を閉ざしていく様子をデイルは不安に感じていたし、ディアナも気にしていた。

それらの不安や心配を、ウィルフレッドの番は解消してくれた。

もう一度視線を向けると、漆黒のドラゴンはそばにいる番に強い日差しが当たらないよう尾で日陰を作ってやっている。甲斐甲斐《かいがい》しいその姿からも、ウィルフレッドがどれほど番を大事に思っているかが感じられる。

ウィルフレッドが誰かをあれほど大事に出来ると分かって、そんな姿を見ることが出来て、心からよかったと思うし、嬉しいとも思う。

ずっと探していた番とウィルフレッドは出会えた。

「あなたも、きっといつか、番と出会えますよ」

ディアナの言葉にデイルは急に照れ臭くなり、誤魔化すように乱暴に自身の頭を掻いた。

「まあ、期待はしてないけどな。オレは番とかどうでもいいし」

「ふふ、あなたは昔から変わりませんね」

その後も、デイルとディアナはしばらく窓の外を眺めた。

この平和な光景がいつまでも続くことを願いながら。

＊＊＊＊＊

「今夜、部屋に来てもいいか？」

ウィルフレッド様の言葉に、思わずティースプーンを落としてしまい、カップの縁にカチャンと当たった。驚いて顔を向ければ、ウィルフレッド様がやや赤い顔で見つめ返してくる。

……夫婦なのだから、おかしなことではないのだけれど。

夜に部屋を訪れるという意味を理解して、顔が熱くなった。

「……すまない、さすがに性急すぎた……」

しょんぼりと肩を落とすウィルフレッド様に、何だかとても罪悪感を覚えた。

「いいえ……その、驚いてしまっただけで、嫌なわけではありません……」

ウィルフレッド様が顔を上げる。

逆に、気恥ずかしくてわたしは俯いてしまった。

「……来てもいいか？」

もう一度、確認するように問われて頷いた。

伸びてきたウィルフレッド様の手がわたしの手を握る。

「ありがとう」

それから、ウィルフレッド様はいつもよりやや早めに休憩を切り上げると、政務を行うために戻っていった。

そして、すぐにわたしは入浴することになった。

「夜までまだ時間はありますよ？」

とマーシア達に言うと、首を振られた。

「何をおっしゃいますか。あの陛下のご様子だと、絶対に早くお越しになりますよ。いつでもお迎え出来るように、今のうちに全身を磨いて、整えておきませんと」

マーシアの言葉に他の侍女達も大きく頷く。

……確かに、ウィルフレッド様はとても嬉しそうにしていらしたわ。

浴室で全身を擦《こす》られ、揉まれ、磨かれる。

毎日侍女達が丁寧に体や髪を洗い、マッサージをして、手入れしてくれるので、以前よりも肌艶や髪の質がよくなった。

時間をかけて入浴させられ、化粧水や香油などをこれでもかと肌や髪に塗り込まれ、バスローブを着せられる。

それから、夜着をどうするかという話になった。

「アイシャ様は色白で、髪も銀色なので、濃い色がいいと思います」

「そうかしら？　色白で華奢なアイシャ様には淡い色合いのほうが清楚で可愛らしいのでは？」

「白はどうでしょう？」

「それでは色がなさすぎてダメよ」

本人であるわたしよりも侍女やメイド達のほうが気合いが入っていて、あれこれと話し合っている。

マーシアが「まあまあ」と議論をする侍女達を宥めた。

「アイシャ様はどの夜着がお好みですか？」

マーシアの問いに全員の視線がわたしに向かう。

今更ながら、夜にウィルフレッド様とそういう雰囲気になるための衣装を選ぶということの恥ずかしさに気が付いた。

……どの衣装も肌が出ているのね……。

王国から持ってきたものは全て廃棄された。

元々、妹のお古だったので構わないのだけれど、代わりに新しく揃えられた夜着はどれも可愛くて、でも肌の露出が多くて、結構生地が薄い。それがちょっと恥ずかしいが、着心地はとてもよかった。

並べられた夜着を眺めて考える。

「……ウィルフレッド様は、どの夜着を着たら喜んでくださるかしら？」

きっと、ドレスのように何を着ても『美しい』『綺麗だ』『可愛らしい』と褒めてくれるのだろう。

でも、出来ればウィルフレッド様に喜んでほしい。

マーシアが「あらあら」と微笑んだ。

「でしたら、そうですね……こちらなどいかがでしょう？」

そう言ってマーシアが手に取ったのは、黒い夜着だった。

背中が思い切り出ていて、首の後ろにリボンがあり、鎖骨の前でリボンが交差して胸元にフリルがついている。黒色の薄いレースはとても繊細な刺繍《ししゅう》が施されていた。丈は足の付け根と膝の丁度中間まで。胸元には黒い布が重ねてある。下着も同じ黒の、やはりレースだった。

「黒、ですか……？」

「ええ、陛下の御髪の色です。殿方は愛する女性が自分の色や、好きな色を纏っていると喜ぶものです。アイシャ様は色白ですから、黒は肌をより白く見せてくれますし、この繊細なレースはアイシャ様に似合いますよ」

そうなのだろうか、と侍女達を見ると頷き返される。

「陛下のお色を纏うなんて素敵……」

「絶対に陛下はお喜びになりますわ」

「それに、正面からは淑《しと》やかそうに見えるのに、背中は大胆でグッときますね」

全員が同意するので、少し悩んだものの、黒い夜着に決めた。

汚してはは困るからとバスローブのまま夕食を摂り、夜着に着替え、ベッドの上でウィルフレッド様を待つ。

入浴を終えた辺りで日が落ちて、部屋のテーブルには燭台が置かれていた。

普通に過ごすには薄暗いが、この夜着は肌が見えて恥ずかしいので、これくらい暗いほうがありがたかった。

夜着に触れると指先に刺繍の感触が伝わってくる。

……バラかしら？　とても丁寧に刺してあるわ……。

まじまじと夜着を眺める。

いつもはもっと裾の長い夜着だから、素足が晒されていると落ち着かないというか、心許ない。

しかし、ベッドの中で毛布にくるまっていたら眠ってしまいそうで、結局、ベッドの縁に座って、やや離れた位置にある燭台をぼんやりと眺めた。

……何だか、とても不思議な気分……。

以前、同じように陛下を夜に出迎えたことがあった。

あの時も覚悟はしていたけれど、それでも、自分はどうなってしまうのだろうという恐怖があった。

一度しか会ったことのない男性に全てを晒す。

不安で、怖くて、騙しているといつ気付かれるかと毎日怯えていた。もしあのままウィルフレッド様と夜を過ごしていたら、わたしはこんなふうに幸せな日々は送れなかっただろう。

あの日、ウィルフレッド様はわたしを気遣ってくれた。たとえ最初は興味がなかったとしても、無理強いはせず、引き下がってくれたのは確かだ。

皇帝という立場上、子を生すことは重要で、そのままわたしを抱いてさっさと済ませてしまうことも出来たのに、そうしなかった。

今、状況はほとんど同じだけれど、気持ちは違う。

愛する人と触れ合うことへの不安もあるけれど、それ以上に、ウィルフレッド様に求められたことが嬉しい。

そして、わたしの意思を尊重してくれたことも。

断ってもウィルフレッド様は怒らなかっただろう。

だが、わたしには断る理由がなかった。

……凄く恥ずかしくて、ドキドキするけど、嫌じゃない。

ウィルフレッド様ともっと触れ合いたい。

もっと、もっと深い関係になりたい。

だからわたしはウィルフレッド様の問いかけに頷いた。


夜もだいぶ深まった頃。

しかし、前回よりは早い時間にウィルフレッド様は来た。

先に一度部屋に帰ったのか、いつものきっちりとした服装ではなく、シャツにズボンという楽そうな格好だった。普段は整えられている髪も、今は少ししっとりと水気を含んでいるように見えた。入浴してきたのだろう。

ベッドから立ち上がって出迎える。

「お疲れ様です、ウィルフレッド様」

でも、恥ずかしくて自分からは近寄れなかった。

ウィルフレッド様がわたしを見つめる。

あまりにじっくりと見られるので、段々と顔が熱くなる。

ややあってウィルフレッド様が近づいてくる。

伸ばされた手がわたしの頬に触れた。まるで繊細な細工物に触れるように慎重に、優しく、ウィルフレッド様の手が頬から首、肩へと落ちる。

「……変ではありませんか？」

沈黙に耐え切れずに問えば、ウィルフレッド様が微笑む。

「とても綺麗だ」

その言葉にホッと胸を撫で下ろす。

「よかったです。その、喜んでいただきたくて、この色にしました。……ウィルフレッド様の御髪の色です」

気恥ずかしくて、心許なくて、胸元で手を握る。

ウィルフレッド様が柔らかく笑った。

「ああ、とても嬉しい。君が俺の色を纏っているのを見て、あまりの美しさに言葉を失ってしまったほどだ」

マーシアの言葉は正しかったらしい。

頬に触れた手に導かれて顔を上げると、ウィルフレッド様に口付けられた。優しい口付けは幸せな気持ちになる。

抱き寄せられ、剥き出しの背中に大きな手が触れた瞬間、ウィルフレッド様が驚いた様子で固まった。確かめるようにウィルフレッド様の手がわたしの背中をなぞる。

「っ、ぁ……」

思わず声が漏れてしまう。

ウィルフレッド様が長身を曲げ、わたしの肩口に顔を寄せた。さらりとわたしの髪を手で退《ど》かし、背中を眺めているのを感じる。髪に触れていた手がまた背中をなぞった。

顔に熱が集まるのが分かった。呼吸が震える。

マーシアや侍女以外の人にこんなふうに肌を触れられたのは初めてで、緊張のあまり体が強張った。

「随分と大胆だな。よく見たら、肌も透けている」

肩口でウィルフレッド様が呟く。

はあ、とウィルフレッド様の熱い吐息が肩にかかり、心臓が一際大きく跳ねる。一瞬息が詰まった。

「……お、お嫌でしたか……？」

「いいや……こうして君に触れられるのがいいな」

大きな手の温もりを背中に感じて心臓がドキドキとする。

ふ、と微かにウィルフレッド様が笑った。

「アイシャの鼓動が速くなっているのが分かる」

背中に回された手が、心臓の後ろ辺りに触れた。

「こういうことは、初めて、なので……」

「そうか……俺も初めてで緊張している」

「ウィルフレッド様も？」

顔を上げたウィルフレッド様が照れたように微笑む。

そうして、わたしの手を取り、自分の胸元に持っていった。

シャツ越しでも、ウィルフレッド様の胸がわたしに負けないくらいドキドキと脈打つ音が感じ取れた。

……ウィルフレッド様も緊張しているのね……。

それが何だかおかしくて、つい笑ってしまった。

「わたし達、お揃いですね」

初めてのことに緊張して、こんなにドキドキして。

でも、自分だけじゃないと分かって安心する。

わたしのほうからもウィルフレッド様の頬に手を伸ばした。その手に、ウィルフレッド様が手を重ねる。

「……怖くないか？」

「はい、大丈夫です。……緊張はしておりますが」

ウィルフレッド様が頷く。

「出来る限り優しくする。……だから、もっと君に触れてもいいだろうか？」

その問いかけにわたしも頷いた。

「……ウィルフレッド様のことを、わたしに、教えてください」

どちらからともなく口付ければ、抱き上げられる。

「ああ、俺も君を知りたい」

甘く囁かれた言葉にギュッとウィルフレッド様に抱き着いた。

僅かに差し込む光に意識が浮上する。まだ眠たいし、体も気だるい。でもそばにある温もりが心地好くて、それにすり寄った。

頭上から微かな笑い声が聞こえる。

目を開ければ、間近にウィルフレッド様の顔があった。

「おはよう、アイシャ」

ちゅ、と額に口付けられる。

カーテンの隙間から入ってきた光を反射させる、ウィルフレッド様の金色の瞳が美しい。

そっと細められるとそれが更に煌めく。寝起きで少しぼんやりとしてしまった。

しばしの後、昨夜のことを思い出して顔が熱くなった。

「……お、おはようございます、ウィルフレッド様……」

恥ずかしくて俯いたけれど、そこにあるのはウィルフレッド様の逞《たくま》しい胸板で、更に恥ずかしくなり目を閉じる。

素肌に触れるシーツの感触も気恥ずかしい。

「まだ起きるには早い。もう少し、一緒に寝よう」

抱き寄せられて、ドキドキと心臓が早鐘を打つ。

けれども、同じくらいドキドキしているウィルフレッド様の鼓動も感じられて、体から力が抜けた。

そっと広い背中に腕を伸ばして抱き着く。

「……お仕事はよろしいのですか？」

そう訊けば、頷き返される。

「今日は休みを取った。そのせいで、昨夜は予定より少し遅くなってしまったが。君が眠ってしまう前に来られてよかった」

「ウィルフレッド様がいらっしゃると分かっているのですから、遅くなっても待ちます」

「いや、夜更かしはよくない。竜人に比べて人間は弱いんだ。ちょっとの寝不足でも、体調を崩すかもしれない。俺が遅い時は気にせず眠るといい」

その言い方では、まるで――……。

「また、夜に来てくださるのですか？」

訊き返すと、ウィルフレッド様がわたしを見下ろした。

「来てはいけないか？」

「いいえ、その、嬉しくて……」

昨夜のことを思うと、体は疲れ果てているものの、心は今までにないほど満たされていた。

愛する人と深く繋がり、愛されることは幸せだった。

「……いつでも、お待ちしております」

ギュッと抱き締められた。

「アイシャ、あまり可愛いことを言わないでくれ。昨夜は君に無理をさせてしまったのに、これ以上可愛いことを言われると、我慢出来なくなる」

「我慢しなくてもいいいと思います」

さらりと頭を撫でられる。優しい触れ方が心地好い。

「君にばかり負担をかけるのは嫌だ。それに、今は君を甘やかしたい気分なんだ。俺の欲望のままにしては意味がない」

ウィルフレッド様の言葉が嬉しい。

わたしのことを気遣ってくれることに心が温かくなる。

腕を伸ばし、ウィルフレッド様の首に絡め、わたしのほうから口付ける。

「……甘やかしてくださるのですよね？」

「ああ」

「それなら、また、愛してほしいです」

ウィルフレッド様の目が驚いたように瞬いた。

「体はつらくないか？」

「少しだるいですが、つらくはありません」

もう一度顔を寄せれば、今度はウィルフレッド様のほうから口付けてくれる。

「……君がそう言ってくれるなら」

大きな手が、わたしの背中をなぞる。

もうしばらく、この温もりを感じていたかった。

＊　＊　＊　＊　＊

ウィルフレッドは気分がよかった。

恐らく、人生の中で最も機嫌がいいだろうという自覚がある。

アイシャと本当の意味で夫婦となり、互いの気持ちを確認したことで、ウィルフレッドは心身共に満たされていた。

それに、アイシャとの触れ合いが増えたからか、最近は魔力過多で体調を崩すことがなくなった。むしろ驚くほど調子がいい。体も軽く、気分の悪さや頭痛も消えた。

アイシャも以前より明るくなった気がする。

互いに思いを告げてからアイシャとの距離は近くなったが、真の夫婦になってからは、より親密になれた。

ウィルフレッドは相変わらず皇帝として政務が忙しいけれど、毎日、昼食や休憩時間を共に過ごしているし、夜も足繁くアイシャの部屋に通っている。お披露目が終わったら、寝室も同じにする予定だ。

「では、王国の返事を聞こう」

謁見の間で、ウィルフレッドは王国の使者を見下ろした。

王国の使者は酷く緊張した様子で挨拶をし、それから、ウィールライト国王からの書状を読み上げた。

第二王女の身代金を払うこと、並びに第二王女を生涯王家の所有地で幽閉すること。帝国への賠償金と先の戦争の賠償金の支払い。第二王女付きで罪を犯した者達の処遇は帝国に任せること。

「ただし、第一王女アイシャ・リエラ・ウィールライトへの賠償は帝国への賠償金に含まれているため、ないものと考えております。王国内でのことは帝国には無関係故、たとえ皇帝陛下であろうとも、口出しはご容赦願いたい」

それを聞き、ウィルフレッドは玉座の肘掛けを握り潰した。

バキリと派手な音がして、王国の使者が竦み上がる。

「つまり、帝国に逆らうと？　先の戦争の結果を国王は忘れてしまったようだな。やはり、思い出させるためにもう一度戦うべきだろうか？」

いっそ王族のひとりやふたり、処刑してしまったほうが王国のためになるのではないかとすら思ってしまう。

王国の使者が青い顔で震えながら答える。

「も、申し訳ございません……しかし、王国内でのことはあくまでこちらの事情でありますので……」

「王国側の事情、か」

はっ、とウィルフレッドは鼻で笑った。

「分かった。それならば、第一王女を虐待した罪でウィールライト王家は裁かれるということだな？　王国側の問題だから王国の法で裁かれるべきというのは確かに道理に適っている」

「え……」

「王国の王家が虐待していたと知ったら、国民はどう思うだろうか。まあ、我々には関係ないことだが、元々王国民は不満を抱えているようだから、どこかでそれが爆発するかもしれないな」

ウィールライト王家は気付いていないようだが、王国内では王家についていけないと感じた貴族達が密かにクーデターの準備を進めているらしい。

もしかしたら、アイシャの名前がその火種として使われるかもしれないが、ウィールライト王家がどうなろうとウィルフレッドの知ったことではない。

それで王国の体制が変わったとしても、帝国との関係が大きく変わるわけでもないし、あの王家は今まで好き放題していたのでいつ内乱が起こってもおかしくはなかった。第二王女の身代金と帝国への賠償金により、国庫が圧迫され、税を増やせば怒りと不満が高まり、クーデターも早まるだろう。

使者は青い顔のまま、がっくりと項垂《うなだ》れる。

「王家が罪人として裁かれるのが見ものだ」

「……帝国の条件を、受け入れます。第一王女への賠償金を王国は支払います……」

アイシャへの賠償金か、王家の裁判か。

ウィールライト王国史上、王家が罪に問われるなど恥以外の何物でもなく、それだけは避けたいはずだ。

そして、どちらも拒否すれば帝国が攻めてくる。

それならばアイシャに賠償金を支払うのが、一番、痛手を負わずに済むというわけだ。

「そうか」

ウィルフレッドは満足そうに頷いた。

アイシャが自由に出来る金が手に入る。

「……第二王女殿下の身代金と賠償金はお持ちしてございます」

ウィルフレッドに兵士が耳打ちをした。どうやら、こちらが要求した額はきちんと持って来たらしい。思いの外早かったのは、第二王女のためか。

「確認した。第二王女を引き取って帰るがいい」

王国の使者が深々と頭を下げて挨拶する。

それから、よろよろと下がっていく姿は少し哀れであったが、だからと言って王国に優しくしようとは思わなかった。

その後の政務を全て終え、ウィルフレッドは足取りも軽く、アイシャのいる部屋に向かう。

今日は昼食を共に出来なかったが、休憩時間はその分、長めに取れたので悪い気分ではない。

アイシャの部屋に着き、扉を叩く。

中から侍女が出てくると、今は婚礼衣装を合わせ直している最中だと告げられた。中の応接室に通される。アイシャは寝室のほうにいるらしい。

……とても気になる。

以前見た時は全く気にしていなかったから、ほとんど覚えていない。

「俺は見てはいけないのか？」

侍女に訊ねていると、隣室からアイシャの乳母だったマーシアが出てきた。目が合うとマーシアが明るい笑みを浮かべた。

「まあ、もう陛下のいらっしゃるお時間でしたか」

穏やかで明るいマーシアのことはウィルフレッドも気に入っている。育ての親だからか、アイシャもマーシアと再会してから楽しそうに笑うことが増えた。

「アイシャ様にお伝えしてまいりますね」

と出てきたばかりの部屋に戻ろうとするので声をかける。

「アイシャの婚礼衣装を見たいのだが……」

「あら、陛下はご覧になったことがございませんでしたか？」

「いいや、あるにはあるけれど、その時はあまりきちんと見ていなくて……」

マーシアが眉根を寄せて体ごと振り返った。

「どういうことですか、陛下」

正直にアイシャとのことを話すと、マーシアは怒った。

「何てこと……それはあんまりです。アイシャ様がどのようなお気持ちで嫁いでこられたか……！」

自分のことのように怒るマーシアに、改めて後悔しつつ、だが同時に、こうして心配して怒ってくれる相手がアイシャにいたことに安堵した。

このマーシアがいたから、アイシャは王国でも孤独ではなかったのだろう。

そうしてマーシアが怒っているうちに隣室からアイシャが戻ってきた。

「ウィルフレッド様？　まあ、お待たせしてしまい、申し訳ございません……！」

驚いた様子のアイシャだったが、怒っているマーシアを見て、ウィルフレッドを見て、不思議そうな顔をする。

「マーシア、何を怒っているのですか？」

「アイシャ様、先ほど陛下からお聞きしたのですが……」

とマーシアが事情を話すと、アイシャが納得したように頷いた。

「それについてはもう終わった話です。わたしも悪いところがありましたから、お互い様、ということでよいではありませんか」

アイシャが微笑み、ウィルフレッドが座っているソファーに近づき、横に腰掛ける。そっと手を握られ、反射的に握り返した。

「アイシャ様がそうおっしゃるなら……」

「それよりも、マーシアのクッキーが食べたいです。昨日、多めに作ったと言っていましたが、まだ残っていますか？」

アイシャの問いにマーシアが嬉しそうに微笑んだ。

「ええ、まだ沢山ございますよ。すぐにお持ちいたしますね」

マーシアがいそいそとクッキーを取りに出ていく。

ウィルフレッドはこっそり、アイシャに囁いた。

「助けてくれてありがとう」

「マーシアは怒ると怖いですから、気を付けてくださいね」

そう言っておかしそうに小さく笑うアイシャの額に口付ける。

「婚礼衣装のほうはどうだ？」

「侍女達や服飾店の皆様とお話しして、少し手を加えていただくことになりました。以前よりも華やかですよ」

「そうか、楽しみだ」

抱き寄せればアイシャも体を寄りかからせてくる。

安心した様子で体から力を抜いているアイシャが愛おしい。

最初は俯いて常に緊張していて、声も硬く、表情もほとんどなかったが、今のアイシャは微笑んでいることが多い。

帝国で安心して過ごしているのが伝わってくる。

「お披露目、わたしも楽しみです」

もうあと数日でお披露目の日を迎える。

民にも周知させたし、当日は城の正面にある広場を開放し、そこに民を招き入れて行う予定だ。その分、警備もしっかり行う。

「またウィルフレッド様のドラゴンのお姿が見たいです」

「そんなもの、君が望むならいくらでも見せよう。さすがにドラゴンのまま一日中過ごすのは難しいが」

「本当ですか？　次は、背に乗ってみたいです」

意外と好奇心旺盛で度胸もあるらしいアイシャの言葉に笑ってしまった。竜人族は同族しか背に乗せないのだが、アイシャならば乗せてあげたいと思う。

「構わないが、その時はデイルと共に乗るといい。ひとりで乗ると落ちた時が危ないからな」

「いいのですか？」

「もちろん。俺の背に乗っていいのは、基本的にアイシャだけだ。デイルはおまけみたいなものだな」

「まあ」

くすくすとアイシャが柔らかく笑う。

それに釣られてウィルフレッドも笑っていると、マーシアが戻ってきた。

「アイシャ様、陛下、クッキーをお持ちしました」

マーシアの持ってきたカゴには袋に詰められた沢山のクッキーが入っていて、アイシャが嬉しそうにそれを見た。

「マーシアのお菓子はどれも、とても美味しいのですよ」

アイシャがそう言って袋をひとつ手に取り、中身のクッキーを一枚摘まんで食べる。懐かしそうに目を細めて頷くと、また一枚摘まみ、ウィルフレッドの口元に差し出した。

ウィルフレッドは躊躇いなくそれを食べた。

……アイシャが差し出してくれるなら、どんなものでも食べられる。

さくっとしたクッキーはバターと小麦の香りが濃厚で、ほどよく甘く、けれど焼いた表面は少し香ばしく、控えめに言っても絶品だった。確かにこれはクセになる味だ。

竜人族には求愛給餌行動というものがある。

番や伴侶に食べ物を与えることで愛情表現をするとことなのだが、アイシャのこの行動は図らずもそれに近かった。

「……とても美味いな。何枚でも食べられそうだ」

「そうですよね。わたしも、小さい頃からマーシアのクッキーが大好きで……」

ウィルフレッドもクッキーを一枚取り、アイシャの口元へ差し出すと、アイシャも躊躇いなくかじりついた。

幸せそうなアイシャの表情に乳母も嬉しそうだ。

何となく、互いに食べさせる。

「ああ、そういえば、第二王女を王国に帰すことになった」

途中でふと思い出して言えば、アイシャが目を瞬かせた。

「身代金などの支払いが済んだのですね」

「しばらく時間がかかるかと思っていたがな」

「妹は両陛下が溺愛しておりましたから」

第二王女の話を出してしまったが、アイシャは思いの外、冷静で、特に気にした様子もなかった。

「むしろ、妹が帝国からいなくなると分かってホッとします。……あまりいい思い出はありませんので」

「それもそうか。まあ、二度と会うことはないだろうから、心配する必要はない」

今後、あの第二王女の名がアイシャの耳に入ることもないだろう。

ふたりで食べると、あっという間にクッキーはなくなってしまった。

薬草茶を飲みながらクッキーの余韻を楽しんでいると官吏が来て、申し訳なさそうに「陛下、そろそろお戻りください」と言う。

「すまない、アイシャ。また夜に」

アイシャの頬に口付けると、同様に口付けを返される。

「いってらっしゃいませ、ウィルフレッド様」

……ああ、本当に幸せだ。

＊　＊　＊　＊　＊

お披露目の日を迎えた。

朝から忙しく、起きてすぐに入浴をする。

今日はお披露目があるからと、昨夜ウィルフレッド様は訪ねてこなかった。少し寂しいと感じてしまうのは、それだけ共に過ごす時間をわたしが待ち遠しく思っているからだろう。

……そういうことを望んでいるとかではなくて！

ウィルフレッド様と一緒の時間が嬉しいのだ。

体を洗い終え、湯に浸《つ》かりながら髪を洗ってもらう。

不思議だが、こうして髪や体を洗ってくれる侍女達の手つきも優しくて丁寧なのに、どうしてか、ウィルフレッド様の触れ方とは違うと感じる。

上手く言葉に出来ないが、とにかく違うのだ。

「今日は特別な日になりますね」

侍女の言葉に頷いた。

「はい。……ウィルフレッド様はどうしていらっしゃいますか？」

「陛下は今頃、お披露目の会場となる広場の様子を見に行ったり、警備の確認をしたりしておられるかと。皇后様の安全のためにもその辺りは重要ですので」

「ウィルフレッド様は身なりを整えないのかしら？」

「お披露目ではドラゴンのお姿になりますから」

なるほど、と納得しつつ、侍女に頭を洗ってもらう気持ちよさにしばし身を預ける。

「……ドラゴンのお姿で全身を磨いたりはなさらないのかしら？」

わたしの言葉に竜人の侍女達が揃って小さく吹き出した。

「そういったことをする必要はございませんね」

「普段から身綺麗にしていれば、本来の姿になっても同じように綺麗なままですので、わざわざドラゴンの姿で磨く必要はないのです」

「そうなのですね……」

ドラゴンの姿で体を磨くウィルフレッド様を少し見てみたいと思ったのだけれど、その機会はないようだ。

髪を洗い終えて湯から上がる。

浴室の寝台に横になると、侍女達が香油を使ってわたしの体をマッサージしてくれる。少し痛いけれど、これが終わるとスッキリして、体が軽くなる。

今日のような特別な日は特に念入りにマッサージがされる。

痛いけれど気持ちよくて、うとうとしている間にマッサージが終わり、声をかけられた。

「皇后様、さあ、起き上がっていただけますか?」

「……はい」

もう少し寝ていたいと思いながらも何とか起き上がる。

すると顔にたっぷりの化粧水を塗られ、マッサージを受ける。最近は侍女達のおかげで全身の肌艶がよくなった。

その後、バスローブを羽織って部屋に戻る。

水分を摂って休憩をしている間に、髪を乾かしてもらった。

その後、侍女達の手を借りて婚礼衣装に着替える。

ふと、初めて帝国に来た日のことを思い出した。

不安で、怖くて、それ以上に皇帝陛下や帝国の人々を騙さなければいけないことがつらくて。でも、それと同じくらいマーシアのことが心配で。

ウィルフレッド様は最初に会った時のことを酷く気にして何度も謝ってくれたが、わたしも、あの時はウィルフレッド様のことをあまりよく見ていなかったので同じだ。

むしろ、こうしてもう一度、婚礼衣装を着る機会を与えてもらえたことに驚いた。二度と着ることはないと思っていたから。

それに、今日の婚礼衣装は前回とは異なっている。

元の衣装にレースやフリルを足してもらい、最初に着た時よりも、ずっと美しい装いになった。

……初めての時を覚えていないほうがいいの。

だって、今のほうがずっと美しい。肌も、髪も、装いも、今のほうが格段にいい。ウィルフレッド様には綺麗なわたしだけを覚えていてほしい、なんて言ったらわがままだろうか。

婚礼衣装のドレスに同じ白の刺繍が施された靴を履いて、長い手袋をつけ、化粧をしたら最後にベールをつけてもらう。鏡の中の花嫁姿を見て、ドキドキと鼓動が速くなる。

……まるで、今日嫁ぐみたい。

もう夫婦であるはずなのに、初めてウィルフレッド様の下へ嫁ぐ花嫁のような気分だ。

「まあ、素敵ですわ、アイシャ様……！」

マーシアが感激した様子で言った。

前回はマーシアに見せることが出来なかった。

でも、ようやくマーシアに見せることが出来た。

それも本当に愛する人の妻として、夫のそばで皆に紹介してもらえるというのだから、こんなに幸せなことはない。ウィルフレッド様はわたしを愛し、必要とし、大事にしてくれている。

マーシアのことを大切にしてくれるのも嬉しい。

……わたしの欲しかったものをいつも与えてくれる。

「マーシアに婚礼衣装を見せることが出来てよかったです」

「本当に……本当にようございました……！」

涙ぐむマーシアの手を取る。

「こうしてわたしが元気でいられるのは、マーシアのおかげです。……わたしを見捨てずにいてくれてありがとうございます。マーシアがいなければ、わたしはこの歳まで生きていなかったかもしれません」

王国で過ごした十七年。いつもつらかったし、寂しかったけれど、孤独ではなかったのはマーシアがいたからだ。

もしひとりだったら心が保《も》たなかっただろう。自ら死を選んでいたかもしれない。

そうでなくても、食事や衣服ももらえず、飢えや寒さで死んでいた可能性もある。

マーシアがあの王城で、食事や服を手に入れるために一生懸命、多くの人々に頭を下げていたのを知っている。何度も何度も人に頭を下げるのはつらかったはずだ。

それなのに、マーシアはいつだってわたしの前では笑顔だった。一度だってわたしの世話をすることに対して文句を言わなかったし、嫌な顔ひとつしたこともなく、ずっとずっと愛情を与えてくれた。

……わたしはわがままだったのね。

すぐそばにこんなに愛してくれる人がいたのに、王家の面々に、国王陛下達に愛されたいと、家族に入れてほしいと願っていた。でも、わたしの本当の家族はマーシアだけだった。

そして帝国に来て、家族が増えた。

コンコン、と部屋の扉が叩かれた。

侍女が応対し、すぐに、部屋の扉が開かれる。

……ウィルフレッド様……。

わたしの新しい家族がそこにいた。

ウィルフレッド様はしばらく立ち尽くしていた。

そして、我に返った様子で瞬きをすると大股に近づいてきたので、侍女達が慌ててドレスの裾を移動させる。

目の前に立ったウィルフレッド様が片膝をつく。

「アイシャ……俺の番」

見上げてくる金の瞳には熱がこもっていた。

「なんて美しい花嫁なんだ……」

ウィルフレッド様のその言葉に心が震える。

これまでつらいことの多い人生だったけれど、この先はきっと、嬉しいことの連続なのだろうと思えた。

ウィルフレッド様が恭《うやうや》しくわたしの手を取り、口付ける。

「出会った時のことを覚えていないなんて、俺は愚かだ」

残念そうに言うウィルフレッド様にわたしは首を振った。

「いいえ、覚えていなくてよかったです。あの時のわたしは俯いてばかりいて、きっと、陰気な女だったでしょうから。……それよりも、今のわたしを覚えていてくださると嬉しいです」

「君がそう言うなら。だが、言われなくても、こんなに美しい君を忘れることなどない。……本当に綺麗だ、アイシャ」

ウィルフレッド様は立ち上がりながらもわたしから視線を逸らさない。まるで、一瞬でも目を離すのが惜しいとでもいうように。あまりに熱心に見るので少し照れてしまう。

「……ありがとうございます」

「ああ、こんなに美しい君を皆に紹介して自慢したい気持ちもあるが、このまま独り占めしてしまいたい……」

伸びてきた手がわたしの頬に触れる。

そのまま顔が寄せられて口付けしようとした瞬間、コホン、とマーシアが大きく咳払いをした。

「陛下、お化粧が崩れてしまいますので、それはお披露目の後になさってくださいな」

マーシアの言葉にウィルフレッド様が眉尻を下げた。

「たった一度でもいけないのか？」

「今、一番お綺麗なアイシャ様をご紹介するためです」

「そうか……」

残念そうにウィルフレッド様が肩を落とす。

……口付けは出来ないけれど。

「ウィルフレッド様、ギュッと抱き締めてください」

両腕を広げると、ウィルフレッド様が嬉しそうに頷いた。

そして、まるで羽根が触れるようにふわりと抱き締められる。

「あまり強く抱き寄せるとドレスにシワが出来てしまう」

わたしもそっと抱き締め返し、ゆっくりと体を離す。

「さあ、行こう。皆が待っている」

「はい」

差し出された手を取り、部屋を出る。

婚礼衣装は少し重いけれど、最初に感じた重さとは違う。

帝国に来たばかりの頃は不安や恐怖が重くのしかかっているように思えたけれど、今は、期待と喜びの重みとして感じられる。

もう俯かずに歩いていける。

この先迷うことがあっても、ウィルフレッド様と手を繋いでいれば、きっとわたしは前を向いて進めるだろう。

「緊張していないか？」

歩きながら問われて、頷き返す。

「少し緊張していますが、大丈夫です」

この高揚感は悪いものではないと分かった。

……これから帝国の人々に、ウィルフレッド様の妻として紹介してもらえるのだから。

「君の薬草茶についても話をするつもりだ。心配しなくとも、皆、君のことを受け入れてくれるだろう。特に竜人にとって『番』を得るのは最も幸福なことだとされている」

繋いだ手が優しくギュッと握られる。

「君と出会えたことは、俺の人生で一番の幸福だ」

「わたしも、ウィルフレッド様と出会えたことが一番の幸福です」

ウィルフレッド様が振り返り、幸せそうに微笑んだ。

「ありがとう、アイシャ」

そして、目的地に到着した。

部屋の外、バルコニーの向こうからは既に歓声が聞こえてくる。

開け放たれた窓の向こうは明るい日差しに包まれていた。

窓の手前でウィルフレッド様が振り向く。

「君に『ディル・ドラゴニア』の名を捧げよう」

優しく手を引かれてバルコニーへと足を踏み出した。

瞬間、ワッと一際大きな歓声があがり、眼下には大勢の人々が広場に集まっているのが見えた。遠くからでも分かるほど笑顔があふれていた。

「アイシャ、本来の姿になるから少し離れてくれるか?」

頷き、離れると、ウィルフレッド様の体が稲妻のような光に包また。瞬時に大きくなり、風が吹く。

そして次の瞬間、大きな漆黒のドラゴンが現れた。

人々が「皇帝陛下！」「おお、ドラゴンのお姿だ！！」と興奮した声をあげ、視線がこちらへ集中する。

長い首を下ろしたウィルフレッド様が口を開いた。

【皆、今日はよく集まってくれた。礼を言う。……これまで、俺は長い間『番』を探してきた。どれほど探しても、どれほど望んでも見つからず、俺は半ば諦めかけていた】

ウィルフレッド様が話し始めるとシンと静まり返る。

誰もがウィルフレッド様の声に耳を傾けていた。

【しかし、神は俺を見放さなかった。俺は『番』を手に入れた。そしてその『番』は俺だけではなく、竜人族に新たな光をもたらしてくれるだろう。俺の妻となったアイシャは薬草の知識がある。竜人は皆、薬が苦手だ。拒否感のある者も多いだろう。だが、アイシャのもたらす薬草は違う。薬ではなく茶として飲むんだ。……これは魔力過多症に効果がある】

ざわりと人々が騒《ざわ》めいた。

魔力過多症は竜人族が昔から苦しんできた病だと聞いている。それに効果のある治療法を見つけたと言えば、驚くのは当然だ。

【薬草茶は薬よりもずっと飲みやすく、子供でも飲むことが出来る。その分、効果は穏やかに出る。実際に俺も飲んでいるが、体内の余分な魔力がなくなり、体調がよくなった。今はまだ発見したばかりで魔力過多症についてしか研究を始められていないが、我が国に薬師を招き、

薬草の効能を研究していけば、より多くの病に効く薬草茶を作れるようになるだろう】

人々の視線がウィルフレッド様だけでなく、わたしにも向けられる。沢山のその視線は期待なのだろう。

薬が苦手な竜人族でも薬草による恩恵を受けられる。

【俺は、アイシャが『番』である幸運に感謝する】

ウィルフレッド様がわたしを見た。

一歩、前へ出る。

「ご紹介に与《あずか》りました、アイシャ――……ディル・ドラゴニアと申します。ウィルフレッド様の妻となりました。……わたしはウィルフレッド様に、そしてこの帝国に感謝しております。夫のために、帝国のために、そしてわたし自身のためにも、薬草で竜人族を助けたいのです」

ウィルフレッド様を助けたい。帝国のために何かをしたい。その気持ちに嘘はないけれど、わたしはわたしのためにも薬草に関する知識を深めたい。

「わたしはずっと、誰かに助けてほしいと願っていました。そしてウィルフレッド様はわたしを救い出してくれました。だからこそ、ウィルフレッド様の役に立ちたい。わたしを受け入れてくれた帝国に何か恩返しがしたいのです」

この道はいいことばかりではないだろう。

時にはつらく苦しい道のりになるかもしれない。

誰かに責められることもあるだろう。自分の無力さに打ちのめされることもあるだろう。それでも、前を向くと決めた。

……それがいつか、愛する人の役に立つなら。

「薬草で全ての病が癒やせるとは言えません。でも、治すことの出来る病は多くあるでしょう。わたしはひとつでも多くの病を治したい。これはきっと、竜人族だけでなく、人間にも恩恵があることです。……わたしはウィルフレッド様の妻になりました。共に、この帝国の礎《いしずえ》となる覚悟は出来ております」

……わたしはこの道を歩み続ける。

「どうか、末長くよろしくお願いいたします」

精一杯、美しい礼を執る。

ウィルフレッド様も僅かに頭を下げた。

【どうか、俺達を見守ってほしい】

すると騒《ざわ》めきが広がり、けれど、すぐにそれは拍手と歓声に変わった。広場いっぱいの拍手と歓声は耳が痛くなるほどだった。

「皇帝陛下、万歳！　皇后陛下、万歳‼」

多くの声がそう叫ぶ。ウィルフレッド様が顔を上げた。

視界が滲みそうになるのを何とか堪える。

「ウィルフレッド様」

呼べば、すぐにウィルフレッド様が顔を寄せてくる。

【どうした、アイシャ？】

その頬に触れ、思いのままウィルフレッド様に口付けた。

「愛しております」

ウィルフレッド様の金の目が瞬き、そして優しく細められる。

【俺も、君を愛している】

ワッと歓声があがり、風が吹く。

風に乗って色とりどりの花びらが舞い散った。

それに驚いているとウィルフレッド様が小さく笑う。

【……デイルめ、相変わらず気の利く奴だ】

ウィルフレッド様の視線を辿ると、バルコニーの下で沢山の花が入ったカゴを持つデイル様が、こちらに気付いて手を振った。

それに手を振り返し、ウィルフレッド様に寄り添う。

「……幸せですね」

【ああ、幸せだな】

見上げた空はどこまでも青く、色鮮やかな花びらが舞っている。その下では大勢の人々が笑顔で祝福の言葉をかけてくれる。誰もがウィルフレッド様とわたしが夫婦になることを認めてくれている。
ずっと欲しかった幸せが、ここにあった。

Fin

あとがき

初めましての方は初めまして、他作品でもご縁のある方はこんにちは。早瀬黒絵です。

この度は本書をお買い上げいただき、まことにありがとうございます！

実は本作品は初めていただいた全編書き下ろし小説でして、今までは『小説家になろう』様のほうで書き上げたものを書籍化しておりましたので、最初は「モチベーションを維持したまま書けるかな？」と不安もありました。

しかし担当様とお話ししてみるとあっという間に内容が決まり、書くのも楽しかったです！

気弱なアイシャがウィルフレッドの反応が変わったことに戸惑ったり、愛情や優しさを感じて変わろうとしたり、アイシャとウィルフレッドが幸せになれて本当に嬉しいです。

ここまでお読みいただき、楽しんでもらえたのであれば幸いです。

個人的な感想ですが、描いていただいたアイシャがすごく可愛くて、ウィルフレッドもかっこよくて、このお似合いなふたりが夫婦になって支え合っていくのかと思うと感慨深いです。

ここからは私事になりますが、二〇二三年は家族が相次いで入院・手術したこともあり、昨年はとても慌しくなっておりましたが、無事、家族も退院することが出来ました。

やはり家族がいないと寂しく、帰ってきてくれると嬉しいですね。

私は何事もなく元気に過ごしておりますので、ご安心ください。

皆様もどうぞ、お体を大事になさってください。

そうして、これからも小説を楽しんでいただけますと私が歓喜します（笑）。

家族、友人、小説を読みにきてくださる皆様、出版社様、担当編集様、イラストレーターの先生、多くの方々のおかげで無事、本書が発売となりました。

改めまして、この場で感謝申し上げます。本当にありがとうございました。

皆様とまたお会い出来ることを願って。

二〇二四年五月　早瀬《はやせ》黒絵《くろえ》

嫁いでから一度も触れてこなかった竜人皇帝が、
急に溺愛してくる理由

2024年5月5日　初版第1刷発行

著　者　早瀬黒絵

発行人　菊地修一

発行所　スターツ出版株式会社

〒104-0031　東京都中央区京橋1-3-1　八重洲口大栄ビル7F
TEL　03-6202-0386（出版マーケティンググループ）
TEL　050-5538-5679（書店様向けご注文専用ダイヤル）
URL　https://starts-pub.jp/

印刷所　大日本印刷株式会社

ISBN　978-4-8137-9331-1　C0093　Printed in Japan

[早瀬黒絵先生へのファンレター宛先]
〒104-0031　東京都中央区京橋1-3-1　八重洲口大栄ビル7F
スターツ出版（株）　書籍編集部気付　早瀬黒絵先生

BF ベリーズファンタジー
大人気シリーズ好評発売中！

ループ11回目の聖女ですが、隣国でポーション作って幸せになります！

1〜2巻

雨宮れん・著　くろでこ・イラスト

聖女として最高峰の力をもつシアには大きな秘密があった。それは、18歳の誕生日に命を落とし、何度も人生を巻き戻っているということ。迎えた11回目の人生も、妹から「偽聖女」と罵られ隣国の呪われた王に嫁げと追放されてしまうが……「やった、やったわ！」──ループを回避し、隣国での自由な暮らしを手に入れたシアは至って前向き。温かい人々に囲まれ、開いたポーション屋は大盛況！さらには王子・エドの呪いも簡単に晴らし、悠々自適な人生を謳歌しているだけなのに、無自覚に最強聖女の力を発揮していき…!?